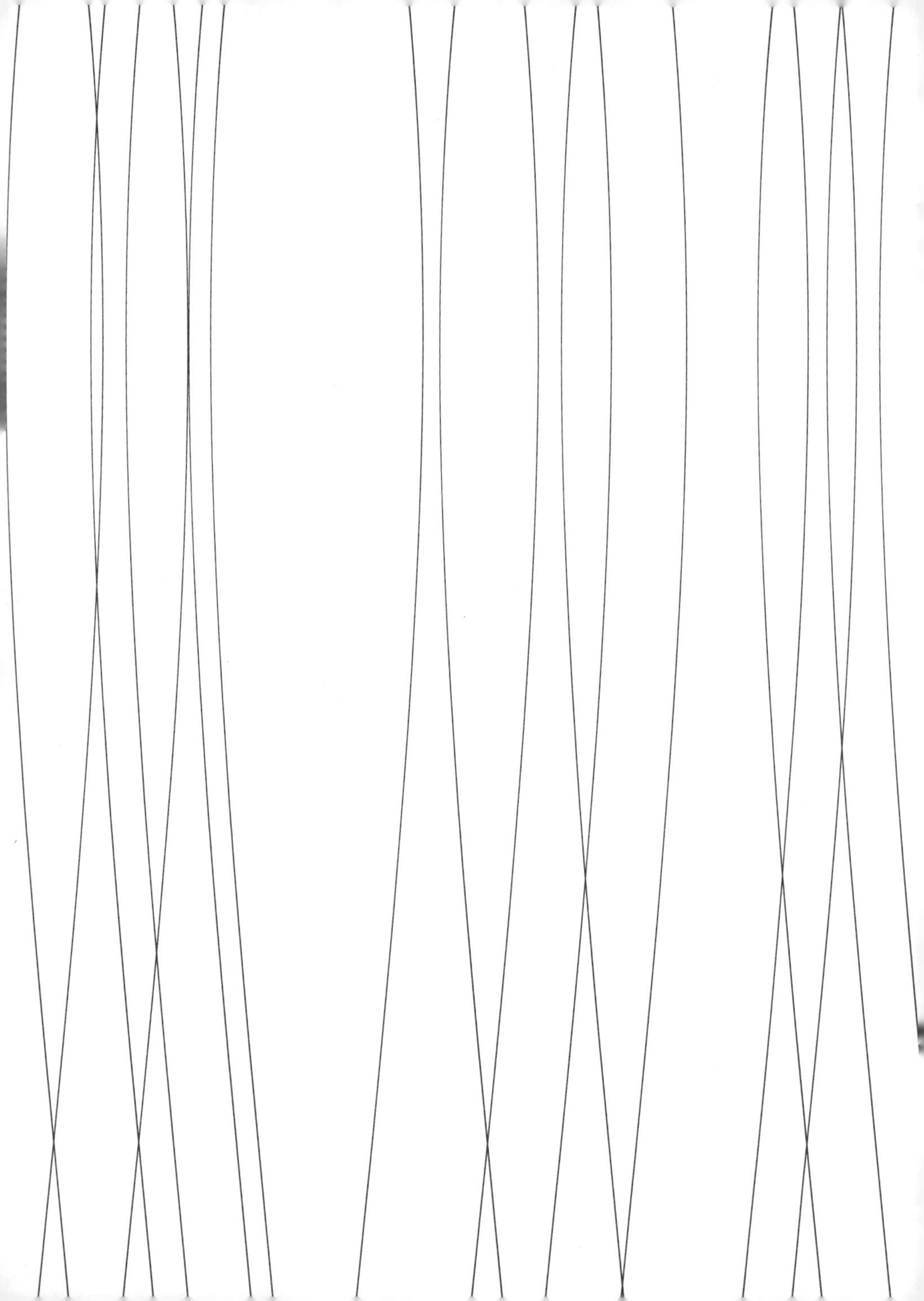

黃金之葉

行進於知識的密林裡，
途徑如此幽微。
我們尋覓一些參天古木，作為指標，
我們也收集一些或隱或現的黃金之葉，引為快樂。

黃金之葉
011

Net and Books 網路與書
我們 MbI

作者：薩米爾欽 Yevgeny Zamyatin
譯者：趙丕慧
責任編輯：李佳姍
校對：詹宜蓁
封面設計：張士勇工作室
法律顧問：全理法律事務所董安丹律師
出版者：英屬蓋曼群島商網路與書股份有限公司台灣分公司
台北市10550南京東路四段25號11樓
TEL：886-2-25467799 FAX：886-2-25452951
Email：help@netandbooks.com
http://www.netandbooks.com

發行：大塊文化出版股份有限公司
台北市10550南京東路四段25號11樓
TEL：886-2-87123898 FAX：886-2-87123897
讀者服務專線：0800-006689
Email：locus@locuspublishing.com
http://www.locuspublishing.com
郵撥帳號：18955675
戶名：大塊文化出版股份有限公司

總經銷：大和書報圖書股份有限公司
地址：台北縣新莊市五工五路2號
TEL：886-2-8990-2588 FAX：886-2-2290-1658
排版：帛格有限公司
製版：瑞豐實業股份有限公司

初版一刷：2008年3月
定價：新台幣250元
ISBN：978-986-6841-22-4

國家圖書館出版品預行編目資料

我們 / 薩米爾欽（Yevgeny Zamyatin）著；
趙丕慧譯. -- 初版. -- 臺北市：網路與書
出版：大塊文化發行, 2008.03
面；　公分. --（黃金之葉；11）
譯自：MbI

ISBN：978-986-6841-22-4（平裝）

880.57　　97002475

我們
Мы

"在訴諸武力之前，讓我們先試試語言的力量吧！"

二十世紀反烏托邦三部曲的先行者

Yevgeny Zamyatin

薩米爾欽 著
趙丕慧 譯
南方朔 導讀

導讀

《我們》——三大反烏托邦經典之一

南方朔

近代文學史上，有三大反烏托邦經典：

一是俄國作家薩米爾欽（Yevgeny Ivannovich Zamyatin, 1884-1937）於一九二一年完成的《我們》（*We*）。它最先只在蘇聯以手抄本方式流傳，一九二四年流出海外，最先在美國出英文版，而後再有其他語文的版本。

二是英國作家赫胥黎（Aldous Huxley, 1894-1963）於一九三二年所出的《美麗新世界》（*Brave New World*）。許多人認爲此書受到薩米爾欽的啓發，但後來赫胥黎公開否認。

三是英國作家歐威爾（George Orwell, 1903-1950）於一九四九年所出的《一九八四》。他不諱言曾受到薩米爾欽的影響。

這三大反烏托邦經典的後兩者，早已有了中文譯本，反而是最早的《我們》，到了現在才姍姍遲來，但這三大終於能在此刻出齊，終究可算是文壇盛事，但因這三大經典都已超過了半個世紀以上，特別是《我們》更超過了八十年，這部作品的時代背景及其故事的寓意，對我們而言已太陌生。基於此，回顧整個烏托邦及反烏托邦文學的發展，並探索薩米爾欽的時代及《我們》的意旨，也就變得格外必須。

首先就「烏托邦」（Utopia）字源而論，它典出希臘文的「烏何有之鄉」（Outopia, Nowhere）或「善邦」（Eutopia, Good Place），因此，它所指的乃是虛擬的、假想的、並不存在現實上的理想之地。自從有了這種觀念，以及被定型為語詞後，它在西方文明史上，就是哲學家和文學家對現世不滿時表達期望的一種「寓言」（Fable）。德國社會思想家卡爾・曼罕姆（Karl Mannheim, 1893-1947）在名著《意識型態與烏托邦》裡指出，所謂烏托邦，代表的是被壓迫階級期待舊秩序瓦解的渴望。這種說法雖然沒錯，但卻窄化了它的內涵。如果我們從比較具有歷史縱深的角度來觀察，當可發現烏托邦概念其實是一直在變的。它在早期「理性」概念形成時，乃是哲學家與知識份子嘗試建造更合理社會的嚮往，諸如柏拉圖的《共和國》、湯姆斯・摩爾爵士（Thomas More, 1478-1535）的《烏托邦》、培根（Francis Bacon, 1561-1626）的《新亞特蘭底斯》（*New Atlantis*）、哈林頓（James Harrington, 1611-1677）所寫的《大洋國》（*The Commonwealth of Oceana*）等皆屬之，這些都是啓蒙理性主義時代推動進步的重要著作。這些著作皆具有極強的理性主義色彩，它們所鋪陳出來的理想國度皆合理、平等、包容、有序，並沒有太多的煽情色彩。因此，這類烏托邦，後人遂稱之爲「烏托邦派」（Utopianism）或「亞特蘭底派」（Atlanteanism）。烏托邦在這個階段所代表的是一種理性向上的呼聲，它是個好名詞、好概念。

不過，及至十九世紀後，由於資本主義體系進入初期的擴張階段，社會的不平等極爲嚴重，而封建的政治與社會體制也完全無法發揮調控及制衡功能。於是，烏托邦概念隨著當時全球的社會主義風潮，也成了激進而空想的社會主義之代言主張。美國作家貝拉密（Edward Bellamy, 1850-1898）於一八八八年所出版的《回顧》（*Looking Backward*）；英國詩人、作家暨藝術家摩理士（William Morris, 1834-1896）於一八九一年所出的《烏何有消息》（*News from Nowhere*），即是人們所熟悉的兩部充滿熱情，以及極有預言煽情性格的空想社會主義著作。其中《回顧》一書是在寫一個波士頓人偉士特（Julian West），他於一八八七年入睡，醒來時已經是二〇〇〇年，美國已成了一個高度的社會主義國家。這部極有社會改革精神的著作出版之後，造成轟動，並啓發出左翼的美國「國家主義黨」的成立。至於摩理士則是英國浪漫主義詩人藝術家，他以彌賽亞般的精神預言一個道德性的共產社會之出現。這部作品對當時英國社會主義運動具有極大的領航作用。這兩部作品有極強的宗教道德使命感與煽情作用，因此它一方面被稱爲「烏托邦派」，但同時也被稱爲「千禧年派」（Millenarionism），以突顯其具有基督教千年論般的改革熱情。

因此，十九世紀的改革狂飆時代及其之前的理性啓蒙時代，「烏托邦」都是一個好字眼，它代表的是改革，是理想，是對現狀的不滿與要求改變。英國文豪王爾德（Oscar Wilde, 1854-1900）就曾如此讚揚烏托邦精神：「一幅世界地圖，如果沒有烏托邦，則它將不值一顧。」

不過，「烏托邦」是個好字眼的時代，在進入二十世紀後即逐漸成了過去。而「烏托邦」的被汙名化，當然是肇因於俄國革命的成功，以及俄共企圖用「倒砌金字塔」的方式，強硬的要把烏托邦在人間實現。俄國革命瓦解了人們數百年來的烏托邦精神，於是遂有了三大反烏托邦經典，而首開其端的，即是俄國作家薩米爾欽的《我們》。

薩米爾欽乃是俄國中部黎貝迪安人（Lebediyan），他的父親是個教師。他於一九〇二年起赴聖彼得堡理工學院就讀，專攻造船，在求學期間他即加入布爾雪維克黨，稍後退出。一九〇五年他被捕放逐。一九一一年在流刑期滿之後，他才獲釋，回聖彼得堡理工學院，講授海軍建築課程；在一九一五至一六年間，他曾被派赴國外，監督海軍破冰船的委託建造。薩米爾欽在求學時即已開始寫作，以短篇小說取勝，受到當時俄國文學象徵主義的影響極大，這也是他的作品經常在象徵上怪異的原因。他於一九二〇至二一年間寫成《我們》一書，最先以手寫本的方式在俄國內部流傳。一九二四年才流出國外出版。俄國一九一七年革命成功及內戰期間形勢動盪，陸續有百萬以上專業人士移民外國，薩米爾欽在移民潮末期的一九三一年六月，致函史達林要求移民獲准，當年十一月移民巴黎，直到一九三七年逝世。

薩米爾欽的《我們》，乃是反烏托邦經典最早的一部。它具有科幻作品的外形，他自承受到科幻小說鼻祖威爾斯（H. G. Wells, 1866-1946）於一八九五年所寫的《時光機》（*The Time Machine*）的影響。而到了後來，《一九八四》的作者歐威爾則承認曾受到《我們》的啓發。由上述因果已可看出，《我們》這部作品在文學史上曾發揮過承先啓後的作用。

《我們》的故事，是在寫一個未來的世界。地球經過百年大戰，人口只剩十分之二。這些人在新的統治者——「造福者」——帶領下，以綠牆爲界，成立了一個由鋼鐵玻璃建築物所形的嚴格理性國家。這裡的人已不再有姓名，只有號碼，國民稱爲「號民」。他們的生活被嚴肅的理性宇宙方程式計算，吃化學食物，從進食到睡眠起床、散步與性，都採規定制與配給制。他們征服了饑餓、貪婪、嫉妒，達到了理性計算的幸福極致。這個國家叫做「一體國」。小說裡的主角是D－503，他是太空船「整體號」的設計師，一個數學家。他由與另外一個女「號民」I－330的接觸裡重新學到了感性，並知道綠牆之外還有別的殘餘人口存在。最後他們曾企圖革命但未成，女號民將受到「造福者」的毀滅制裁。小說最後寫道：

> 這件事拖不得，因爲在城市的西方仍有動亂，屍體，野獸，還有——很遺憾的

——相當數量的號民違背了理性。

不過，在橫越市中心的第四十大道上我們建立了一道高壓電路障。我希望我們勝利在望，不僅如此——我肯定我們勝利在望，因爲理性必須要獲勝。

《我們》一書完成後，最初以手寫本方式在俄國內部流傳，由於當時俄國革命形勢初定，這部科幻否定、另有所指的著作，在時間不正確下當然也就變得政治不正確。當時俄國文學界教父如高爾基、沃隆斯基等人，在看了手寫本之後都發表了負面的評價。高爾基甚至說：「這本書糟透了！完全不是有益的東西。這本書裡的憤怒是冷漠的和乾澀的，這是種老處女式的憤怒！」而後來支持這本書的評論者則表示，它不是在諷刺俄國，而是諷刺革命後初期當權的托洛斯基！《我們》這部作品所處的微妙時間因素，使得它被附加了許多政治聯想，縱使到了今天，大多數人都認爲這是一本反共的反烏托邦作品，即是這種政治聯想所致。

相對而言，近年來美國紐約城市大學、哥倫比亞大學、暨史丹福大學教授馬夏爾・柏曼（Marshall Berman），在不久前的著作《一切堅固的皆化爲風：現代性的經驗》（*All That is Solid Melts into Air: The Experience of Modernity*）一書裡，以整個西方近代文學史和知識份子史爲基礎，所提出的解釋觀點就深刻多了。

柏曼指出，十八世紀起乃是西方城市大幅擴張的時代，以鋼鐵、水泥、玻璃爲主的建築現代性取得了壟斷式的權威地位，建築道路及劇增的人口，使得城市首次成爲文學的主要課題。法國的巴爾札克、波特萊爾，英國的狄更斯，俄國的杜斯妥也夫斯基莫不如是。

而在俄國，在十八世紀初彼得大帝時，領受到理性時代這種現代性的強大力量，他遂以整個國家的力量要替俄國打造一個這樣的現代性標竿城市，那就是藉著尼瓦河（Neua）將拉德嘉湖（Ladga）的水通往芬蘭灣，而後進入波羅的海的沼澤地聖彼得堡。它原來是個沼澤，彼得大帝從一七〇三年起決定建市，將把它變成海軍及貿易中心，成爲通往西方的窗口。他引進了英、法、荷、義大批工程專家，而他自己也去過荷蘭學海軍。在他罄全力建市之下，一個十年內，聖彼得堡即蓋了三萬五千棟建築物，兩個十年內，即多達十萬人口。到一八〇〇年時，莫斯科人口二十五萬，聖彼得堡已二十二萬；到一八九〇年聖彼得堡人口破百萬，爲繼倫敦、巴黎、柏林的歐洲第四大城。聖彼得堡的建築巨大主義和冷冰冰的都市性格，使得俄國文壇從普希金的長詩《青銅騎士——聖彼得堡傳奇》到杜斯妥也夫斯基的《地底人》，都以這個城市的專權、冰冷、疏離等爲批判對象。俄國古代那種緊密而有人性的小城在這個大城裡已告消失，人在冰冷的鋼鐵玻璃森林裡已告失去。

而除此之外，十九世紀的歐洲大城，在建築上後來迷戀鋼筋玻璃的「水晶宮」建築物，英國的水晶宮建於一八五一年，成爲世博會會場；而後該水晶宮由海德公園移至西頓罕山。當時俄國首要知識份子切尼斯海夫斯基（Nikolai Chernyshevsky）曾於一八五九年訪英時一瞥該水晶宮，返俄後即爲鋼筋玻璃建築的美學現代性極爲歌頌。

因此，聖彼得堡乃是俄國城市現代性的標竿城市，也是俄國知識份子反省現代性的樣本，普希金的《青銅騎士》，整首詩是在反省批判彼得大帝在聖彼得堡建市裡的角色，整首詩以「他」、「他們」爲批判的代號。杜斯妥也夫斯基的《地底人》則是在隱喻聖彼得堡居民的疏離。在這些先進帶路下，薩米爾欽在一九二〇年出版《穴居人》，基本上是在追隨杜斯妥也夫斯基《地底人》的先例，認爲現代城市的荒涼冷漠及殘酷非人，使得現代人與古代穴人已無異。而他的《我們》，則無疑是在呼應著普希金，並對切尼斯海夫斯基的觀點做著批判。他的著作裡的玻璃的負面象徵含意，對凡夫俗子的「我們」與造福者的「他」、「他們」對立起來，加上他自己是造船專家，在小說裡被變形爲太空船設計師。所有的這一切都可以看出，它其實是在對彼得大帝以降的城市現代性做著反思。《我們》和反共不反共毫無關係。

不過，作品經常會在時代中被扭曲。《我們》因爲它的時代，而被塑爲反共反烏托邦作品之始；到了歐威爾寫《一九八四》，他直承受到了《我們》的啓發。從此之後，《我們》的反共這個帽子就再也摘不下來，「反烏托邦」這個名詞也就和「反共」同義，而「烏托邦」當然也就和共產主義掛上鉤，完成了「烏邦托」這個名詞的汙名化。

因此，由烏托邦到反烏托邦，我們已可看出「烏托邦」這個名詞由好名到惡名，乃是經過了一段漫長的過程。大體而言，在俄國一九一七革命前，它是個好名詞，代表理想主義與公平正義；而在俄國革命後，由於冷戰對峙，在時代的擠壓拉扯下，這個名詞遂被愈擠愈窄，烏托邦就等於共產主義。在西方甚至形成一種氣氛，知識份子只要談理想主義就會被扣上共產主義的帽子，在「烏托邦」被汙名化的過程裡，眞正被汙名掉的，其實是知識份子的理想主義和良心血性啊！而除了烏托邦被汙名化之外，在整個一九五〇年代，西方甚至將資本主義論述之外的所有選項都稱為「意識型態」，將它也徹底汙名化。透過將烏托邦、理想主義、其他選項皆汙名化的過程，西方的主流論述遂能在毫無阻擋下持續擴張。

不過，誠如近代最重要的烏托邦思想家布洛克（Ernst Bloch, 1895-1977）所指出的，人在世間，只有不斷的改善個人與集體的生存環境，始能彰顯個人與集體的生存意義。因此，人的意義是在他會「變成」（becoming）什麼，而不在於他被「給定」（became）成了什麼。而「變成」即是最終極的理想主義，也是烏托邦的源起。當代美國思想家雅可比（Russell Jacoby）在《烏托邦的終結：冷漠時代的政治與文化》（*The End of Utopia: Politics and Culture in an Age of Apathy*）裡即指出，戰後世界在反共意識型態下，一切與理想主義有關的符號都被汙名化，這也等於褫奪了理想主義和知識份子的角色。近代每個國家都出現了「知識份子到哪裡去了」這樣的課題，即是上述汙名化所造成的結果。任何一個社會都不可能只有技術專家，因為技術專家無法預見長期的問題和系統性的問題，這種更宏觀的課題，只有透過知識份子的觀照，始有可能被預見。若一個社會缺乏了改革的知識份子熱情，這個社會即會在冷漠中受制於單一邏輯並趨於惡化。雅可比教授指出，當今的社會，知識份子的理想主義在被汙名化後已熱情熄滅，於是知識份子遂被逼往瑣碎事務上，因而出現了所謂的「零售聰明，批發瘋狂」的現象。他的意思是說，當代知識份子在小地方抓竅門很靈光，面對大問題則保持緘默，任由情勢惡化。這樣的聰明又有何用？

固然，在烏托邦心態主導下，知識份子雖然有可能熱情過度，在救贖心態下而傾向於尋找一勞永逸但卻不切實際的社會解藥，反而造成社會災難。但借鏡歷史，現在這個時代在一元化價值觀主宰下，世界上無論貧富、戰爭、氣候、剝削與歧視等各種問題皆已日趨嚴重，這不正是知識份子的改革熱情與警戒功能長期被邊緣化所致嗎？

《我們》一書裡，描繪的是一個社會當價值單一化，並以此價值片面爲幸福做出定義，認爲這種幸福即是極致，並企圖將這種單一價值的「理性之軛」像對待牲畜一樣，套在世界及宇宙每一個人身上。這種種自以爲的幸福，其實是災難；這種「理性之軛」，則其實是枷鎖。由這部作品已顯示出，單一理性所造成的世界之恐怖。這不正更加提示我們，知識份子更要對單一價值的偏差提高警覺，並持之不懈的致力於對未來的關切與改革嗎？

我們

札記一

提綱：一份公告
最睿智的線條
一首詩

今天《一體國官報》刊登了一份公告，我把原文轉錄如下：

整體號再過一百二十天即打造完成。第一艘**整體號**升入太空那歷史性的一刻即將到來。一千年前，各位英勇的祖先征服了整個星球，建立了一體國的權威，而在今天各位則是要成就更輝煌的豐功偉業：有了這艘噴火式、電動、玻璃材質的**整體號**輔助，你們將解出無窮的宇宙方程式之謎。你們將征服其他星球上的未知生物，他們可能仍處於原始的自由狀態中，爲了他們著想，你們會爲他們戴上理性之軛。萬一他們不了解我們爲他們帶來的是經過數學方法計算毫無瑕疵的幸福，那麼我們就有責任來強迫他們享此幸福。但是在訴諸武力之前，讓我們先試試語言的力量。

因此，以造福者之名，我們向一體國全體號民宣布：

凡自認有文采者，都必須撰寫論文、頌詩、宣言、詩歌或其他作品，頌揚一體國之壯麗雄偉。

這些作品將會是**整體號**載運的第一批貨物。

一體國萬歲，號民萬歲，造福者萬歲！

轉錄這份公告時，我覺得雙頰滾燙。不錯，是要解開宇宙方程式的答案。不錯，是要拉直野性原始的弧，拉成一條切線——漸近線——一條直線。因爲一體國的線就是直線，偉大、神聖、精確、睿智的直線——所有線條中最睿智的一條線。

我是D-503，**整體號**的建造人，一體國眾多數學家之中微不足道的一個。我的筆向來寫的是數字，對於創作母韻及節奏十分陌生，因此我只是盡量記下我的所見所聞，說得更精準一點，是記下我們的想法（一點也沒錯，我們，就讓我這本札記叫做《我們》吧）。不過既然這本札記是衍生自我們的生活，衍生自一體國數學上完美生活的產物，無論我的意願或是文采如何，它難道不能就是一首詩嗎？可能的。我相信，我也知道。

我一面寫，一面感到臉頰熱辣辣的。這感覺必然就像是女人第一次感覺到她的腹中有了眼睛還看不見的小人兒在脈動。那是我，又不是我，而且在漫長的幾個月中，我必須要用自己的生命、自己的鮮血來滋養它，然後再痛苦地從自己的體內撕扯出來，把它奉獻在一體國的腳下。

但是我準備好了，就像我們每一個人，幾乎每一個人。我準備好了。

札記二

提綱：芭蕾

X 方正的和諧

春天。從綠牆之外，從看不見的荒野之外，風吹來了不知名花朵的黃色蜜粉。甜甜的花粉讓你的嘴唇乾燥，讓你每隔一分鐘就會去舔舔嘴唇。你見到的女人她們的嘴唇必然是甜的（當然男人也是一樣）。而這或多或少都阻礙了邏輯的思考。

可是那片天啊！藍藍的，一點雲也沒有（古人的品味可眞是荒誕不經，他們的詩人看見了那些荒謬、無序、亂七八糟累積的水蒸汽，竟然會詩興大發！）。我只愛——我相信我可以放膽的說，我們只愛——這樣一片萬里無雲、湛藍無瑕的天空。遇上像今天這樣的日子，整個世界就如同綠牆一樣，如同我們所有的建築一樣，是由堅實耐久的玻璃鑄造的。遇上這樣的日子，你能看見事物最藍的底層，看見事物未知的、奇妙的方程式——即使在最眼熟的日常用品上也看得見。

打個比方吧！今天早晨我在建造**整體號**的船塢，突然間就看見了：車床；調節器球體閉著眼睛在運轉，對周遭一切渾然不覺；曲柄閃爍著，左右搖晃；平衡桁得意的擺動肩膀；沖模插床的鑽頭隨著無聲的音樂跳上跳下。剎那之間，在淡藍色陽光照耀下，我看見了這場壯觀的機械芭蕾之美。

緊接著，我問自己：爲什麼覺得美？爲什麼舞蹈會美？而答案是因爲那不是自由的動作，因爲舞蹈的深奧意涵就在於全然的服從美學，就在於理想中的非自由。假如說我們的祖先眞的在生活中最欣喜的一刻（宗教儀式和閱兵典禮）會手舞足蹈的話，那也只有一個意思：非自由的本能早在無法追溯的年代就根植在人類心中，而我們，在我們目前的生活裡，只是有意識的……

我得先停筆了：顯示器響了。我抬頭看：想當然耳是O-90。半分鐘不到她就會到了，邀我去散步。

親愛的O！我老是覺得她是人如其名：比母性標準矮了十公分左右，整個人顯得圓滾滾的，再配上那粉紅色的O，她的嘴；我每講一句話，那粉紅色的O就張開來。還有她手腕上肥肥的肉褶子，就跟嬰兒一樣。

她進來時，邏輯的飛輪仍在我心中全速滾動，完全是慣性使然，我才能開口跟她說起我剛建立的公式，涵蓋一切的公式——舞蹈，機械，以及我們每一個。

「很妙吧？」我問道。

「對，很妙。」O-90朝著我露出紅潤的笑臉。「春天來了。」

喔！拜託。春天……她竟然在談春天。女人啊……我陷入了沉默。

樓下的大街人來人往。這樣的季節，下午的私人時間都花在額外的散步上。一如往常，樂坊的喇叭播送著「一體國進行曲」，號民走路都排成橫列，四個一列，隨著音樂走得意氣風發——成千上萬的號民，身穿淺藍色制服，胸前別著金色徽章，徽章上有每個男女的國家編號。而我——我們四個——只不過是在這條巨河中數不完的一朵小浪花。在我左手邊是O-90（如果這是由一千年前我某個毛茸茸的祖先來寫的話，他很可能會用那個可笑的稱呼「我的女人」來描述她），我右手邊是兩個我不認識的號民，一男一女。

天空藍得教人快慰，小小的太陽在每一個胸章上閃耀，一張張臉上看不出一點思考的瘋狂所投下的陰影……光線。你懂我在說什麼嗎？萬事萬物都是由某些單一的、發光的、微笑的物質所構成的。還有銅管嗒嗒嗒！嗒嗒嗒！的演奏著，彷彿黃銅階梯在日光下閃爍，每一階都把你帶得更高，攀向那令人目眩的藍天……

此刻的我又像是今天早晨在船塢一樣，看什麼都像是第一次看：那筆直不變的街道，人行道那閃爍的玻璃，透明房舍那神聖的平行六面體，一排排灰藍色隊伍那方正的和諧。而我感覺到不是我之前的世世代代，而是我——沒錯，就是我——征服了舊上帝和舊生活，是我創造了這一切。而我就像座高塔，我連手肘都不敢動一下，唯恐牆壁、圓頂閣、機械會在我四周崩毀粉碎。

接著，跳過了好幾個世紀，從十到一。我想起了（顯然是對比產生的聯想），我猛然間想起了從前在美術館看過的一幅畫：畫的是二十世紀的一條街道，混亂得教人眼花，擁擠的人群、車輛、動物、海報、樹木、色彩、鳥類……聽說這些東西眞的存在過——可能存在過。這簡直是太不可能，太沒有常識了，我實在忍不住，噗哧一聲笑了出來。

我的笑聲一響，立刻傳來回音，來自我的右邊。我轉過去：一抹白光閃過——是出奇白皙銳利的牙齒，屬於一名陌生的女性臉孔。

「對不起！」她說，「可是你看著四周的表情是那麼興致勃勃的樣子，就像是某個神話傳說裡創造了世界之後第七天的上帝。我覺得你似乎是以爲連我都是你一手創造出來的，我當然是感到受寵若驚啦……」

這番話說得一絲笑容也沒有，我甚至敢說其中還隱含著某種敬意（也許她知道我是**整體號**的建造人）。不過在她眼中，也可能是在她的秀眉上——我分辨不出來——倒是出現了一個陌生的、令人著惱的X，我參不透是什麼意思，沒辦法用數字去定義。

也不知是爲了什麼，我竟感到發窘，期期艾艾的想跟她用邏輯來解釋我爲什麼發笑。很簡單，我說，這個對比，這個現代與過去無法跨越的鴻溝……

「爲什麼說無法跨越呢？」（哇，那口牙可眞是白啊！）「鴻溝上方架座橋不就跨越了嗎？你想想吧，像鼓啊、軍營啊、行伍什麼的也都是存在過的啊，所以……」

「說得好！」我大喊一聲（眞是驚人的巧合：她幾乎是幫我說出了我要說的話，我在散步之前寫下來的想法）。「妳知道，就連想法都曾經存在過呢。而這是因爲沒有人是獨一的，我們都只是其中之一。我們大家都極其酷似……」

她說：「眞的嗎？」

我看見她的眉毛挑到了太陽穴上，成了一個銳角，就跟X字母的小犄角一樣，這一次又是搞得我茫然失措。我瞧瞧左右，而……

在我右邊——她苗條銳利，柔順得不得了，像一條鞭子，I-330（我現在看見她的名字了）；在我左邊——是截然不同的O，渾身上下都是圓弧，手腕上還有嬰兒似的肉褶；而在我們這排的尾端是一名我不認識的男性——怪里怪氣的，不但是彎腰駝背，而且好像連下半身也跟著彎，活像是S字母。我們四個一點相似的地方也沒有……

我右手邊那個I-330彷彿是攔劫了我慌亂的視線，嘆口氣說：「是啊……唉！」

說眞的，這聲唉可嘆得眞是時候。可是她臉上的表情，也可能是她的語氣，又像是在說什麼……我突然用很少見的尖銳語氣說：「沒有什麼好唉的。科學在進步，很顯然就算不是現在，再過個五十、一百年……」

「就連每個人的鼻子……」

「對，」我幾乎是用吼的了，「鼻子。如果眞的有嫉妒的理由的話，不管是什麼理由……要是我長了一個塌鼻子，另一個人……」

「哦！你的鼻子，套用舊時代的說法，長得很『古典』。可是你的手……我們來看看，我們來看看你的手。」

我最受不了讓別人看我的手，毛茸茸的，愚蠢的隔代遺傳。我伸出一隻手，盡可能漠不關心的說：「一隻猩猩的手。」

她看著我的手，又看著我的臉。「眞是耐人尋味的組合。」她用眼睛衡量我，活像是放在天平上秤，而她眉梢又翹起了兩個小犄角。

「他是跟我登記在一塊的。」O-90紅潤的嘴唇張開來，帶著急切和喜悅。

我眞希望她沒開口，這會兒說這話未免太沒頭沒腦了。整體來說，這個親愛的O……我該怎麼說呢……她的舌頭老是在不該動的時候動；舌頭的速度應該要比思考的速度慢個幾秒，絕對不能反其道而行。

大街盡頭蓄電塔上的鐘敲響了十七下，私人時間結束了。I-330跟那個S形男性號民離開了。也不知爲什麼，他那張臉讓人見了會肅然起敬，這會兒也似乎熟悉了許多。我必然是在哪兒見過他，可是是在哪兒呢？

臨行前，I-330又掛著她的X笑容說：「後天到112演講廳來。」

我聳聳肩。「要是我被指派到那間演講廳的話……」

而她卻不知爲什麼很篤定的說：「你會的。」

這女人讓我感覺很不愉快，就像是一個方程式裡冒出了一個解不開又莫名其妙的數。我很高興至少可以和親愛的O獨處個幾分鐘。

我們手挽著手穿過了四條街，到了轉角，她得右轉，我得左轉。

「我很想今天去找你，放下百葉窗。今天，現在……」O怯生生的抬起渾圓、藍晶晶的眼睛看我。

她眞是好笑！我還能怎麼說呢？她昨天才來過，她也跟我一樣清楚我們下一次的「**性交日**」是後天。這又是一次她那種「說話跑在思考前頭」的老毛病——就跟偶爾發動機提前打火一樣（有時候可是有害的）。

分手之前，我吻了她可愛的藍眼睛，碧藍藍的，一點雲朵也沒有，我吻了兩次——不，我還是精確一點——三次。

札記三

提綱：大衣
　　　牆
　　　作息表

我剛把昨天寫的東西看了一遍，發現我沒能把自己的意思表達得夠清楚。當然啦！我們隨便哪個人看都能看得懂，但是對於你們，對於你們這些**整體號**會把我的札記帶給你們的這些不知名讀者來說，你們也許剛讀到我們的祖先在九百年前寫下的文明誌那一頁，說不定你們就連像「**作息表**」、「**私人時間**」、「**母性標準**」、「**綠牆**」、「**造福者**」這類最基礎的東西都不知道。要我來解釋這些東西我覺得是既荒唐又困難，很像是要一個二十世紀的作家在他的小說裡解釋什麼是「大衣」、「公寓」、「妻子」。可要是他的小說得翻譯給野蠻人看，他又怎麼能不解釋「大衣」是什麼意思呢？

我相信野蠻人會看著「大衣」心裡想：「那是幹什麼用的？不過是個累贅罷了。」

我覺得在我告訴你們自從**兩百年戰爭**發生過之後，我們就沒有一個人越過綠牆，你們也會有一模一樣的反應。

可是，我親愛的讀者，一個人總得要思考，起碼得動動腦。思考是很有用的。畢竟，就我們目前所了解的，整個人類歷史就是一部變遷史，記錄人類從遊牧變遷到愈來愈安定的生存型態。所以最安定的型態（我們的）難道不就是最完美的生存型態（我們的）嗎？人類唯有在史前時代才會從地球的一端忙忙碌碌趕到另一端，接續而來的是建立國家，發動戰爭，商業貿易，發現各式各樣的美國。可是現在誰還需要那個？何必呢？

我承認，我們這種安定的生存習慣並不是信手捻來的，也不是一蹴可幾的。在那場兩百年戰爭中，所有的道路都破壞殆盡，荒草蔓生——起初住在都市中，各城市因為綠色叢林而無法往來，必然顯得極度的不方便。可是那又怎麼樣？在人類沒有了尾巴之後，他必然花了一番手腳才學會不用尾巴驅趕蒼蠅，一開始他當然是會想念他的尾巴。可是現在呢？你能想像自己拖著一條尾巴嗎？還是說你能想像自己在大街上一絲不掛，連件大衣也不穿（我特意用大衣，是因為你們現在很可能仍舊是穿著大衣到處遊蕩）？我也是這樣子：要我就想像不出沒有綠牆屏障的城市會是什麼樣子，我就想像不出來沒有作息表上的數字規範會是什麼樣子的生活。

作息表……就在這一刻，從我房間牆上，它紫色的數字襯著金色的底色，既溫柔又嚴厲的瞪著我的眼睛。我的心不由自主的轉向遠祖所謂的「圖騰」，我渴望要賦詩或祈禱（兩者其實是一樣的）。喔！我為什麼不是詩人？如果我是詩人，我就能貼切的讚頌作息表，一體國的心臟與搏動！

我們在做學生的時候都讀過（說不定你們也讀過）遠古時代流傳下來最偉大的文學作品：《火車時刻表》。不過拿它來和我們的作息表比較，就如同拿石墨與鑽石比較一樣：兩者都含有基本的元素——碳——然而鑽石是多麼的透明，多麼的永恆，多麼的璀燦啊！有誰在急匆匆翻閱著《火車時刻表》時呼吸不會加快？可是我們的作息表啊！它把我們每一個都轉化成一個鋼鐵的數字，一個壯闊史詩中的六輪英雄。每天早晨，以六輪的精準，在同一小時，同一分鐘，我們——上百萬的我們——整齊劃一的起床。在同一個小時，上百萬顆頭一起上班，最後也是百萬顆頭一起下班。接著，融入了一個百萬隻手的身體，在同一秒鐘，按照作息表的分配，我們舉起湯匙就口。在同一秒鐘，我們出門散步，走向演講廳，走向大廳去做**泰勒運動**，再一齊沉沉入睡……

我要在這裡坦白：就連我們都還沒找出一個絕對的、精準無比的方法來解決幸福的問題。一天兩次，從十六點到十七點，以及從二十一點到二十二點，單一巨大的有機體分散成各別的細胞，也就是作息表分配的私人時間。在這幾個鐘頭裡，你們會看見有些房間的百葉窗略略拉下；有人則會以整齊的步伐走在大街上，彷彿是在攀爬那進行曲的銅管音階；還有些人，比方說此刻的我，則伏案書寫。可是我很自信——你們可以說我是個理想分子兼夢想家——我很自信遲早我們會把這些私人時間也嵌入一般的公式中。將來有一天，這八萬六千四百秒也會歸納到作息表裡頭去。

我讀過也聽說過許許多多不可思議的事情，都是關於那些人類仍活在自由，亦即是缺少組織、野蠻狀態中的年代。而對我來說，其中最教人不能相信的是當時國家的統治階層——無論是多麼的發育不全——竟然可以允許人民那樣的生活下去，沒有我們的作息表，沒有強制散步，沒有一絲不苟的用餐、起床、就寢時間，而是由著他們愛怎麼樣就怎麼樣。有些歷史學家甚至說古代的街燈是一整晚亮著的，而夜晚無論什麼時候都有人在街上走路開車。

我盡力去理解，就是理解不了。無論他們的智能如何的有限，他們總該懂得那樣的生活根本就是大屠殺嘛——就算是慢性的屠殺，還是屠殺啊！國家（人道主義）禁止殺害個人，卻不禁止日復一日凌遲百萬之眾。殺害一個人，換句話說，是減少了人類整體壽命五十年，這叫犯罪。可是減少了人類整體壽命五千萬年卻不算犯罪，這不荒唐嗎？今天，隨便哪個十歲小孩都能在三十秒以內解決這一個數學上兼道德上的問題。而他們，把他們所有的「康德」都湊在一塊也解決不了這問題（因爲那些康德都沒想到要建立一個科學倫理學體系，也就是根植於加減乘除的倫理學）。

再說到國家（它還有臉自稱國家！）竟然對性生活完全放任不管，這還不夠離譜嗎？隨他們愛什麼時候做就什麼時候做，愛做幾次就做幾次……簡直是一點也不科學，跟動物沒兩樣。而他們也跟動物一樣盲目的生育他們的下一代。他們懂得農業、養殖家禽、養殖魚類（我們有確切的資料證明他們具備這些知識），可是卻爬不上邏輯梯子的最高一層——生養孩子；建立不起來像我們一樣的母性和父性標準，這還不荒謬可笑嗎？

這事實在是太荒唐，太離奇了，只怕你們，我不知名的讀者，會以爲我是在跟你們開惡意的玩笑；只怕你們會認定我只是在嘲弄你們，故意板著一張正經八百的臉跟你們胡說八道。

先聲明，我這人根本就不會開玩笑，因爲每個玩笑都隱含謊言。再者，我們的一體國科學認定古代人確實是這樣子生活的，而我們的國家科學從來就沒有出錯過。更何況，如果人類還活在自由的狀態——動物的狀態、猿猴的狀態、獸群的狀態——國家邏輯又要從何而生呢？對他們能強求什麼呢？我們自己的時代都還偶爾會有猿猴似的野性回音從下方、某些毛茸茸的深處冒出來呢！

幸運的是，這只有在極罕見的情況下才發生過；幸運的是，那只是小部分故障，輕易就能修復，不會阻礙了整架機器永恆的、宏偉的運動。而爲了要排除彎曲的螺絲釘，我們有造福者那隻靈巧的、沉重的手以及觀護人那幾雙經驗老道的眼睛。

走筆至此，我突然想起來了。昨天我見到的那個號民，彎得像S的那個——我想我曾見過他從觀護人公所裡出來。這下子我明白為什麼會一見他敬意就油然而生了，我也明白為什麼I－330在他面前說話總多了股彆扭……我得承認，這個I－330……

就寢的鐘聲響了：二十二點半了。留待明天再寫吧。

札記四

提綱：有氣壓計的野蠻人
癲癇
如果

迄今爲止，生命中的大事小事對我來說都是清清楚楚的（也就難怪我對「清楚」這一詞似乎是情有獨鍾了）。但是今天……我卻弄不懂是怎麼回事。

首先，我眞的收到通知，要我到112演講廳去，跟她說的一樣。這樣的機率是：

$$\frac{1,500}{10,000,000} = \frac{3}{20,000}$$

（1,500是演講廳的數量，10,000,000是號民的總數）。

其次……我還是依照先後次序把今天的事講一遍吧！

演講廳是一間寬敞、陽光充足的半球形玻璃巨形建築，一圈圈座椅上只見一個個剃得精光的圓球似的腦袋。我四下掃視了一圈，心裡微覺忐忑。我覺得我是在一片藍海似的制服中尋找一個紅潤的弧——O甜美的雙唇。某人又白又利的一口白牙，就像……不，不是那樣的。今天晚上二十一點O會來找我，很自然我會希望在這裡見到她。

鐘聲響起。我們大家起立，高唱一體國國歌。隨後語音講師的聲音從台上傳來，金色的擴音器閃閃發亮，機鋒詼諧也不遑多讓。

「受敬愛的號民們！我們的考古學家在最近挖掘出了一本二十世紀的書，譏誚的作者說了一個野蠻人和氣壓計的故事：野蠻人注意到每次氣壓計指著『下雨』，那天就眞的會下雨。因爲他眞的希望老天下雨，所以他想辦法把水銀給摳掉了一些，讓水銀柱一直停留在『下雨』的那格。」（螢幕上出現了一名野蠻人，披著羽毛，把水銀給摳出來。哄堂大笑聲。）「你們都在笑，可是難道你們不覺得當時的歐洲人比這還要更荒唐可笑嗎？就跟這個野蠻人一樣，歐洲人想要下雨，大寫的雨，代數上的雨，可是他們只像隻軟趴趴的落湯雞一樣呆站在氣壓計前面。這個野蠻人起碼比他們有勇氣，有精神，有邏輯，雖然是原始的邏輯。他總算是發現了因果之間的關聯，摳出水銀他就朝偉大的道路邁出了第一步……」

就在這時（我重複一遍，我的札記內容毫無隱瞞）——就在這時擴音器裡強力放送的聲流似乎鑽不進我的耳膜，我心裡突然湧上了一股感覺，覺得自己來這裡是多此一舉

（爲什麼說「多此一舉」呢？而且我既然被指派到這裡來，又怎麼能不來呢？）；眼前一切似乎都是空無的，只不過是空殼子。後來，費了一番力氣我設法把注意力調回來，語音講師已經說到他的主題了：我們音樂的、數學的組合（數學爲因，音樂爲果）。他正在描述新近設計出來的音樂機。

「只要轉動這個把手，你們隨便哪一個都可以在一個小時之內創作出三首奏鳴曲。想想看，同樣的創作要耗費你們的祖先多少的精力！他們只有在把自己鞭笞到『靈感』發作——某種未知的癲癇——的時候才有能力創作。這裡有一個很有趣的例子，讓你們看看他們製造出什麼玩意來：斯克里亞賓①，二十世紀。他們把這個黑盒子，」台上的布幕分開，露出了最古老的樂器。「叫做大鋼琴，或『皇家』樂器，由此可見他們整體的音樂有多麼的……」

這時我又不知神遊到哪裡去了，也許是因爲……沒錯，我就實話實說吧！是因爲她，I－330，走向了那個「皇家」盒子。我猜我只是因爲她猝然出現在講台上而吃了一驚。

她穿著古代紀元的奇妙服裝：一件貼身低胸的黑色連身裙，把她光裸的肩膀襯托得分外雪白，而她的胸部，籠罩著溫暖的陰影，隨著她的呼吸顫動，介於……還有那耀眼的，幾乎是憤怒的牙齒……

她朝我們底下的人一笑，我就像被咬了一口。接著她坐下來，開始彈奏。野蠻、痙攣、駁雜，一如當時的整體生活——不見一絲一毫的理性機械方法。當然，我四周的人都是對的，他們都笑了，只有少數人……可爲什麼連我也……我？

是了，癲癇，一種精神的疾病，痛苦……舒緩的、甜蜜的痛苦——像給咬了一口——可是你卻還想要被咬得再深一點，再痛一點。接著，太陽漸漸升起了。不是我們的太陽，不是那泛著藍光的、澄澈的，甚至會穿透玻璃磚的太陽，不是的。那是狂野的、急躁的、灼熱的驕陽，一瞬間你的衣物都脫掉了，每一件都撕成了碎片。

我旁邊的號民瞧了瞧左邊，盯著我，從鼻腔冷哼了一聲。不知是怎麼回事，我拂不去一個鮮明的記憶：一個小小的唾液泡泡從他的嘴角邊冒出來，爆破掉。這個泡泡讓我清醒過來，我又恢復了正常。

和其他人一樣，現在我的耳中只聽見亂七八糟又急促的敲擊，我笑了出來，感到一陣鬆弛；一切都很簡單。聰明的語音講師呈現了一個太過生動的原始時代圖片，就是這樣。

稍後我是多麼沉醉的聆聽我們現在的音樂啊（安排在課程的最後，以茲對照）！那無限級數時而收斂，時而分散，發出水晶般清澈的半音拍子，那泰勒②和馬克羅林③公式合成的和弦，那「畢達哥拉斯褲」④方正、沉重的全音拍子，那衰減振顫運動的憂鬱旋律，那與許多休止符組成的夫琅和費⑤譜線交互變換的明快節拍——有如行星的光譜分析……多麼的壯麗啊！多麼無懈可擊的邏輯啊！而古人那雜亂無序的音樂又是多麼可悲啊！被一種瘋狂的幻覺所宰制……

一如往常，我們從演講廳寬敞的幾扇門魚貫走出去，四個人一排。那個眼熟的、上下都彎曲的人一閃而過，我必恭必敬朝他鞠躬。

一個小時之內O就要來了，我的心情是愉快又有益的興奮。回到家，我急匆匆跨入管理站，交出我的粉紅配給券，接收允許我放下百葉窗的許可證，這是只有在性交日才能享有的權利。其他時候我們住在彷彿發光空氣構成的透明牆後——我們總是一覽無遺，總是沐浴在光線下。我們凡事都不需要隱藏，再者這樣也能讓觀護人更輕鬆的執行他們困難的、高貴的任務。因爲若非如此，誰知道可能會出什麼差錯？說不定就是古人那種奇怪的、渾沌的居處孕育了他們那種鴿子籠心理。「我的（sic!）⑥家就是我的城堡。」什麼怪觀念嘛！

二十二點，我放下了百葉窗，也在同一個時間，O走了進來，微微有點喘不過氣來。她送上粉紅的嘴唇和她的粉紅配給券，我撕下了票根——卻離不開她那粉紅的雙唇，一直流連到最後一秒——二十二點十五分。

稍後我讓她看我的「札記」，說起了（我認爲我說的相當不錯）方形、立方、直線之美。她用那迷人的粉紅色專注傾聽著，突然間，那藍藍的眼眸落下了一顆淚珠，接著第二顆，第三顆，就落在攤開的書頁上（第七頁）。墨水糊掉了，我得把這頁重謄一遍了。

「親愛的D，如果你——如果……」

「如果」什麼？如果……她又要老調重彈什麼孩子的事了嗎？或是什麼新的事情……

比方說是……說是另外那個？可是這也太……眞是的，這也太荒謬了。

注釋

① 斯克里亞賓（A. N. Scriabin, 1872-1915）為俄國作曲家，是俄羅斯音樂中第一位真正的現代主義者。

② 泰勒（Brook Taylor, 1685-1731）是英國數學家，以導出泰勒級數而聞名。

③ 馬克羅林（Colin Maclaurin, 1698-1746）是蘇格蘭數學家及物理學家，在數學和物理學兩個領域中都發展了牛頓的理論。

④ 這是對畢達哥拉斯定理的戲稱。

⑤ 夫琅和費（Joseph von Fraunhofer, 1787-1826）是德國光學家，發現太陽光譜中的黑線。

⑥ 引用可疑或謬誤的原文時，在引用文句後所加的記號。

札記五

提綱：方形
世界的主宰
愉快又有用的函數

我又搞錯了。我又跟你們說話，我不知名的讀者，好似你們……好似，這麼說吧，好似你們是我的老朋友R－13，他是位大詩人，長了一雙黑人的厚嘴唇——人人都知道他。可是你們是在——月球上、金星上、火星上，還是水星上？誰知道你們在哪兒？又是些什麼人？

來，想想看，有個方形，活生生的、美麗的方形。再想像它必定會告訴你它自己的事，它的生活。你懂吧！一個方形是不太可能會想到要告訴你它的四個角都是相等的：這對它來說已經是再自然不過、再普通不過的事了，所以它壓根不會去意識到這件事。

我也是同樣的情況：我發現自己總是在這個方形的位置裡，就拿粉紅配給券以及跟它有關的事來說吧，對我而言，這事就跟方形有四個相等的直角一樣的自然，但是對你們來說，卻可能是比牛頓的二項式定理還要深奧的謎題。

有位古代的哲人倒是說了一句至理名言——當然是湊巧，而不是因爲他睿智過人——「愛情與饑餓主宰世界」。由是：要征服世界就必須征服世界的主宰。我們的祖先成功了，以沉重的代價征服了饑餓；我說的是兩百年戰爭——城市與鄉村之間的戰爭。原始的農民，或許囿於宗教偏見，頑固的抓著「麵包」①不放。但是在一體國成立前三十五年，我們目前的食物，一種石油的產物，發展出來了。不錯，大戰之後世界人口只剩下了十分之二，可是在清除了千年的污穢之後，地球的面貌變得多麼的亮澤鮮麗啊！那個存活下來的十分之二在一體國閃耀的宮殿中品嚐到了幸福的極致。

然而，幸福和嫉妒難道不是快樂這個分數的分子和分母嗎？如果嫉妒的理由仍然殘存在我們的生活中，那麼兩百年戰爭的無數犧牲豈不是白白的浪費了？可是嫉妒仍然殘存著，因爲還是有「塌鼻子」和「古典鼻子」（我們在散步時的談話），還是有很多人在尋尋覓覓某人的愛情，還是有很多人他們的愛情沒有人稀罕。

想當然耳，征服了饑餓（代數上的征服，也就是外在福利的總和），一體國又著手攻擊另一個世界的主宰——愛情。而最後這一個自然力也臣服了，也就是組織化了，納入數學的秩序了。大約三百年前，我們那具有歷史意義的《性法典》公布了：「號民對任一號民都如對性商品一般享有權利。」

自此之後一切都只是技術層面上的問題了。你先在性部門接受嚴格的檢驗，判定你血液中的性荷爾蒙含量多寡，接著給你一張量身訂做的性交日曆，之後，你宣布在性交日希望能使用某某號民（或號民們），你會收到一本配給券（粉紅色的），這件事就搞定了。

很顯然這一套作法讓嫉妒的理由完全消失了。快樂分數的分母變成了零，而分數變成了一個無限大的數。所以對古人而言是造成無數愚蠢悲劇的罪魁禍首，在我們這個有機體的手裡卻成了和諧的、愉快的、有用的函數，就和睡眠、肢體勞動、進食、排泄等等功能一樣。由此可見偉大的邏輯力量能夠淨化它碰觸過的每件事物。啊！要是你們，我親愛的讀者，也來了解這個神聖的力量，要是你們也來學習並終生不渝的跟隨它，那該有多好！

也眞奇怪……我今天記下的是人類歷史上的最高峰；我一直呼吸著純淨的思想高山空氣，可是在我心中卻不知怎的覆著雲影，長了蜘蛛網，投射了一道奇怪的、有四爪的X陰影。還是說那是我自己毛茸茸的爪子？而且是因爲那隻毛茸茸的爪子一直在我眼前？我不喜歡談我的手，我也不喜歡我的手：那是野蠻時代的遺毒。難道說我心底深處眞的有……

我想要把這一切都刪除，因爲這部分超過了我預擬的提綱，但是考慮之後我又決定留下。就讓我的札記和最敏感的地震儀一樣，把我腦中最不顯眼的震動也記錄下來，因為有時就是類似的震動變成了預警……

可是這太離譜了，這段話眞的應該塗掉：我們已經疏濬了所有的自然力，不可能會有災難產生的。

我這下子完全明白了，我心中的奇異感覺其實還是我剛才描述的方形位置的結果。那個亂人心境的X也不在我心裡（不可能在），那只是我在恐懼有些X會殘存在你們、我不知名的讀者的心裡。不過我有信心你們不會太過嚴厲的評斷我，我有信心你們會了解要我寫作比人類歷史上任何作者寫作都要來得困難。有些人為同時代的人而寫，有些為後代子孫而寫，可是沒有一個人為祖先而寫，或是為某些類似他原始、久遠的祖先的人而寫。

注釋

①這個詞流傳下來只是用做詩歌上的暗喩，對於這物質的化學成分我們並不了解。（作者注）

札記六

提綱：意外事件
　　可惡的「很顯然」
　　二十四小時

我重申：我把「事無不可對人言」奉爲規臬。因此，儘管遺憾，我仍然必須記下，即使是在我們這裡，生活硬體化、透明化的過程仍然尚未完成，距離理想境界還有幾道階梯必須攀登。我們的理想（很顯然）是那種什麼也不會發生的狀態。可是現在……哎，今天《一體國官報》宣布後天在立方廣場將會有一場慶祝正義的集會，也就是說，有些號民又擾亂了偉大的國家機器運轉，又一次發生了無法預見、無法預先計算的意外。

另外，我也發生了意外。是的，事情發生在私人時間裡，也就是無法預見的狀況尤其容易出現的時候。然而……

約莫十六點的時候（精準一點說是差十分十六點）我在家裡，突然電話響了。一個女聲說：「D－503？」

「是。」

「你有空嗎？」

「有。」

「我是I－330。稍後我會來拜訪──我們一起到古屋，可以嗎？」

I－330……這女的讓我既惱火又討厭，簡直還讓我害怕，但這也是我會說「可以」的原因。

五分鐘後我們已經上了飛車，那湛藍色像是馬加利卡陶①的五月天空，明艷的太陽追在我們後面，既不落後也不超前。而在我們前方卻是一朵白雲，白得和白內障一樣，怪里怪氣的，胖鼓鼓的，像古代丘比特的臉頰，教人有些莫名的不安。我們飛車的前窗開著，風吹乾了嘴唇，你不由自主老是在舔嘴唇，而且一路上滿腦子想的都是嘴唇。

這時遠處出現了模糊的綠塊──在那外面，綠牆之後。一顆心迅速的、輕輕的往下沉──下沉、下沉、下沉──彷彿是由陡峭的山上下來。我們抵達了古屋。

古屋這棟怪異的、脆弱的、看不穿的建築完全被一張綠殼給覆蓋住，若非如此，古屋早在許久之前就分崩離析了。玻璃門前有個老婦，滿臉的皺紋，尤其是那張嘴，嘴唇向內凹陷，只看見皺褶，倒像是不知怎的兩片嘴唇長到了一塊，教人懷疑她是不是還能開口說話，不過她還是開口了。

「小乖乖，你們來看我的小房子是吧？」說著皺紋豁然開朗（她的皺紋會自己呈輻射狀，製造出「微笑」的印象）。

「對，老婆婆，我想再看一次。」I－330說。

皺紋微笑。「好大的太陽啊！嘿嘿，妳這小鬼靈精！我知道，我知道！好吧，你們自己進去吧，我待在這兒曬太陽……」

嗯……我的同伴想必是這兒的常客。我有種強烈的慾望，想要甩掉什麼，討厭的什麼東西：很可能是那同一個揮之不去的視象——光滑湛藍的馬加利卡陶上的一朵雲。

我們步下寬敞黑暗的樓梯，I－330說：「我很愛她，那個老太太。」

「爲什麼？」

「說不上來，可能是因爲她的嘴，也可能什麼原因也沒有，就是無緣無故喜歡。」

我聳聳肩。她往下說，似笑非笑。「我覺得非常慚愧。很顯然不應該有什麼『就是無緣無故喜歡』，而應該是『因爲什麼緣故所以喜歡』。所有自然的衝動都該……」

「很顯然……」我才開口立刻警覺，偷瞧了I－330一眼，不知她注意到了沒有？

她正俯視著某處，眼瞼半垂，彷彿百葉窗。

我想起了晚上的時光，大約二十二點那時。沿著大道走，在眾多明亮透明的方格中會看見漆黑的方格，放下了百葉窗，而在百葉窗後……她那兩扇眼瞼後藏著什麼？她今天爲什麼打電話來？找我來這裡又是做什麼？

我打開一扇沉重、吱嘎叫、不透明的門，我們進入了一間陰沉沉、雜亂無章的地方（他們稱之爲「公寓套房」），和那個「皇家」樂器一樣奇怪——也和那狂野、缺少章法、瘋狂的音樂一樣——裡頭塞滿了五顏六色、各式各樣的東西。頭頂上是一塊白色平坦區域，暗藍牆壁，紅、綠、橙三色封面的古代書籍，黃銅枝型燭台，一尊佛像，家具線條好似癲癇發作，完全無法用方程式來統合。

我眞受不了這樣的亂七八糟，但我同伴這個有機體顯然比我強健。

「這是我最喜歡的……」她突然像是回過神來，露出咬人似的笑容，銳利的白牙閃著光芒。「我的意思是，正確來說，這是他們的『公寓套房』裡最不成體統的一間。」

「說得更精確一點，」我糾正她，「是他們的國家，上千個極微小的、爭戰不停的國家，殘忍無情，就像……」

「當然，這是很明顯的……」她說，一派的正經。

我們穿過一個房間，裡頭有幼兒的床鋪（古代的兒童也是私人財產）。接著是更多房間，閃亮的鏡子、暗沉的衣櫃、俗麗不堪的沙發、一座大「壁爐」、一張桃花心木大床。我們現代的——也是美麗的、透明的、永恆的——玻璃，只能在這兒的可憐小窗格上看見。

「想想看！他們『無緣無故』的喜歡燃燒，受苦……」（她又垂下了眼瞼）「對人類的精力眞是一種愚昧又莽撞的浪費——你說呢？」

她似乎是說出了我的心底話，說出了我的想法，但她的微笑卻還是帶著那個惱人的X。在那雙眼瞼後她藏著心事——我不知道是什麼——不過這讓我的耐性快磨光了。我想找她吵架，想對她吼叫（沒錯，吼叫），可是我不得不同意——跟她唱反調是不可能的。

她在一面鏡前停下，那一刻我只看見她的眼睛。我心裡想：人也跟這些不合常理的「公寓套房」一樣荒謬；人的頭腦渾沌不清，只開了小小的兩扇窗——人的眼睛。她彷彿猜中了我的想法，轉過身來。「看，我的眼睛，怎麼樣？」（當然是默默無聲的問題。）

在我面前是兩扇漆黑得令人悚然的窗戶，而在窗裡則蘊藏了如此神祕、相反的生命。我只看見火焰——她的壁爐在熊熊燃燒——而那形狀酷似……

我在她眼中看見了我自己，這當然是很正常的事情，但是我心裡的感覺卻不正常，不像我（必然是因爲周遭環境的壓迫感太重的緣故），我眞的嚇著了，我覺得落入了陷阱，被囚在原始的牢籠中，被古代生活的野蠻狂風給捲住了。

「我說你啊，」I－330說，「出來到另一個房間去。」她的聲音來自那兒、來自內部、來自她眼睛那兩扇漆黑的小窗，壁爐燃燒的地方。

我出了房間，坐了下來，牆上的書架有某個古代詩人的雕像，長了一個獅子鼻，五官不對稱（我想是普希金），直勾勾朝著我的臉露出淡淡的微笑。我爲什麼坐在這裡乖乖的忍受那抹笑？我爲什麼要費這個事？我爲什麼要來這裡？爲什麼有這些可笑的感覺？都是那個惱人的、討厭的女人，她奇怪的遊戲……

牆上一扇衣櫥的門關上，一陣絲綢窸窣聲。我費了九牛二虎之力才沒跟著走進去，而且……我記不清了——我必定是想要對她說些很不中聽的話。

但她已經出來了，穿著一件舊式的杏黃色短洋裝，戴著一頂黑帽子，穿著黑長襪，洋裝是輕盈的絲料。我能看見襪子很長，拉過了膝蓋。而她那裸露的喉嚨，和胸前的溝影……

「噯，妳顯然是想要表現獨創性，可是妳難道……」

「顯然，」她打斷我的話，「獨創性多少就是標新立異，獨創性就是違反了平等。而古人語言中的『陳腐平凡』在我們這裡就等於盡自己的責任。因爲……」

「對，對，一點也沒錯！」我按捺不住了。「而且妳沒有理由要……要……」

她走向那尊獅子鼻詩人雕像，垂下了眼瞼，遮蓋了她眼中的熊熊火焰，在她的體內，她的窗後發光發熱，她說了一句非常有道理的話（這一次，依我看來，她是眞心誠意的，可能是想要安撫我）。「你不覺得很驚訝嗎？以前的人會容忍這些人物？而且不只是容忍，還膜拜他們？眞是奴性不改！你覺得呢？」

「很顯然……我是說……」（又是那個該死的「顯然」！）

「喔，對，我了解。不過事實上，這些詩人都是比他們那些戴著王冠的國王更強而有力的大師。他們爲什麼沒有被孤立起來，全部殲滅呢？像我們……」

「對，像我們……」我才開口她就噗哧一聲笑了起來。我用這兩隻眼睛就能看見她的笑：銳利共鳴的弧度，像鞭子一樣的柔軟。

我記得，我當時全身顫抖。只要一把抓住她，然後……我記不得那時我想做什麼，可是我必須做點什麼，什麼都好。我機械式的打開我的黃金胸章，查了查時間。再十分就十七點了。

「妳不覺得該走了嗎？」我盡可能有禮的問。

「要是我請你跟我一起留下來呢？」

「聽著，妳……妳知道自己說了什麼嗎？十分鐘內我非趕到演講廳不可……」

「……而且所有的號民都必須要去上藝術與科學課。」她學我的聲音說。接著她揭起了眼簾，抬眼看，熊熊爐火穿過漆黑的窗戶直射出來。「我認識醫務部的一個醫生，他是和我登記在一起的。要是我問他，他可以給你一張病假單，怎麼樣？」

這下我終於懂了，我終於明白她這整場遊戲是所爲何來了。

「原來如此！妳知不知道，只要是誠實的號民，我就得要立刻去觀護人公所報到，然後……」

「假設一下呢？」又是犀利的咬人微笑。「我很好奇，你是會去公所，還是不會去？」

「妳要留下嗎？」我一手按住門把，是青銅的，我也聽見了自己的聲音——也是青銅的。

她走向電話，打給某個號民——我太煩躁以至於沒能聽清楚是誰——大聲說：「我在古屋等你，對，對，一個人……」

「等一下……可以嗎？」

我轉動冰冷的青銅門把。

「我可以把飛車開走嗎？」

「喔，當然啊！當然……」

外面陽光下入口處，老婦人像個植物人似的在打瞌睡。看見她那長得很密合的嘴唇張開來，仍是教人驚訝。接著她開口了。

「你的……她一個人在裡頭嗎？」

「對，一個人。」

老婦人的嘴又黏合了起來，搖搖頭。顯然即使她頭腦昏瞶，她仍然能夠明白那個女人的行徑有多荒唐、多危險。

十七點整我坐在演講廳裡，一直到了這裡我才明白我對老婦人說了一句不實的話：

I－330不是一個人在那裡。說不定就是因爲如此——我在無意間對老婦人說謊——我才會備受煎熬，無法專心聽講。沒錯，她不是一個人，而這就是麻煩所在。

二十一點三十分之後，我有一個小時的空閒，我可以到觀護人公所去，交上我的自白。可是在這樁毫無道理的事件之後，我覺得疲憊不堪。再者，法定的舉報時間是兩天，我明天再做，我還有二十四小時。

注釋

①馬加利卡陶器是多彩而裝飾繁複的一種義大利原產陶器。

札記七

提綱：一根睫毛
泰勒
山谷的莨菪和百合

夜晚。綠色，橙色，藍色。紅色皇家樂器。杏黃洋裝。青銅佛陀，突然佛陀抬起了沉重的青銅眼皮，眼中流出樹汁，一滴滴樹汁流到鏡面上，接著是大床，然後是兒童的床鋪，再來是我自己，隨著樹汁流動——還有某種奇異的、甜蜜的、致命的恐怖……

我猛然清醒，睜眼看見泛著藍色的柔和燈光，閃耀的玻璃牆壁，玻璃椅子和桌子，這些讓我鎮定了下來，心臟不再跳得厲害。樹汁、佛陀……真是亂七八糟！顯然我一定是病了。我從來就沒有做過夢。聽說古人會做夢是完全正常的事情，可是那是因爲古人的生活就是瘋狂飛轉的旋轉木馬——綠色、橙色、佛陀、樹汁。然而我們卻知道夢是一種嚴重的精神疾病。而且我知道在這一刻之前，我的腦子是一種精準無比的機制，一點灰塵也不沾。可現在……對了，就是這樣：我在腦中感到了某種陌生的身體，就像是眼睛裡跑進了一小根眼睫毛。你平常是不會感覺到自己的身體的，可是一旦眼睛跑進了睫毛——你就連一秒鐘都沒辦法不去注意它……

我頭上的水晶鐘聲清清脆脆響了起來：七點整，起床時間到了。我左望右望，在玻璃牆壁上看見了自己，自己的房間，自己的衣服，自己的動作——重複過一千次。教人神清氣爽：你感覺自己是一個偉大、有力、單一整體的一分子。好一個精煉的美——沒有一個多餘的動作，多餘的圓弧，多餘的轉彎。

不錯，這個泰勒無疑是古人中最偉大的天才。不錯，他的思想並沒有突破局限，沒能把他的方法應用在生活的各個層面，每一步，每天的二十四小時上，他沒能把他的系統從一個小時整合到二十四小時。可是，他們怎麼會寫了滿滿幾圖書館的康德，卻幾乎沒有人注意到泰勒，忽略了這位能夠預見十世紀後的先知呢？

早餐用過了，一體國國歌也齊聲高唱過。我們四個四個以一致的節奏走向電梯。馬達嗡嗡響，聲音模糊，隨即快速的——下降、下降、下降，一顆心也微微下沉……說時遲那時快，那個愚蠢的夢——或是夢的暗示功能——又浮現了。喔！沒錯，前天，飛車事件。不過已經結束了，句號。幸好我對她用上了快刀斬亂麻。

坐進地鐵裡，我加速前往**整體號**優美船身文風不動停泊的地方，它在陽光下熠熠生輝，還沒有點火讓它生龍活虎。我閉上眼睛，做著公式的夢。我再一次在腦中計算讓**整體號**離開地球的起始動能，每零點一秒**整體號**就會產生變化（爆炸性燃料的消耗）。這方程式十分的複雜，還包含了形而上的數值。

彷彿是在夢中——在數字構成的堅實世界中——某人在我旁邊坐了下來，微微撞了我一下，說：「抱歉。」

我把眼睛睜開一條縫。第一眼（聯想到**整體號**），什麼東西衝上了太空：一顆頭——會聯想到「衝」是因爲那顆頭的兩側各有一隻很突出的粉紅色招風耳。接著是那顆頭後腦勺的弧度，那往下垮的肩膀——上下都彎——字母S……

從我的代數世界的玻璃牆望出去，又是那根眼睫毛——我今天必須要做的一件不愉快的事。

「喔，沒關係，沒關係。」我對鄰居微笑，朝他鞠躬。S－4711這號碼在他的胸章上閃爍。原來這就是我一開始會把他和字母S聯想在一起的原因：是視覺印象，意識層卻忘了記錄下來。他的眼睛炯炯有神，像兩隻銳利的小鑽子，快速轉動，愈鑽愈深，愈鑽愈深，不花什麼功夫就會鑽到最底層，窺見我甚至不願意讓自己看見的東西……

我忽然在一瞬間把那根討厭的睫毛看得一清二楚了。他也是其中之一，一名觀護人，最簡單不過的事就是立刻向他坦白，毫不遲延。

「你知道，我昨天去了古屋……」我的嗓子很奇怪，好像洩了氣。我清清喉嚨。

「哦！那太好了，那兒可以提供材料，讓你得到非常有指示性的結論。」

「可是，是這樣的，我不是一個人去的，我陪著I－330，而且……」

「I－330？我真爲你高興。她是個很風趣又多才多藝的女人，她的仰慕者可不少呢！」

難不成他也是？那次的散步……會不會他是和她登記在一起的？不對，不可能，不過很顯然是不能跟他談這件事了。

「喔，對，對！當然啦，當然啦！說得是。」我愈笑愈大聲，愈笑愈傻氣，我感覺這張笑臉讓我看來既赤裸又愚昧。

那兩隻小鑽子觸到了最底層，又快速旋轉，回到了他的眼中。S給了我一抹兩面光的笑容，點點頭，朝出口邁去。

我躲在報紙後——我覺得人人都瞪著我看——一眨眼的功夫就把什麼眼睫毛、什麼鑽子統統忘光了。我看到的新聞太教人洩氣，把我腦海中的大事小事都驅逐了。報上只有短短的一行：「根據可靠的消息來源，意圖解放國家造福之軛的組織已形跡敗露。」

「解放？」眞是太神奇了，人性的犯罪本能竟然是那麼的根深柢固。「犯罪」是我特別選用的詞彙。自由脫不了犯罪，正如……正如飛車的運動與其速度是息息相關的：速度若是零，飛車就靜止不動；而人的自由若是零，他就不會犯罪，這可是顯而易見的道理。要讓人不去犯罪只有一個辦法，那就是不給人自由。而現在，我們才剛剛擺脫了犯罪（以整個宇宙來看，幾世紀當然只不過是「剛剛」而已），偏偏就有些沒腦子的人渣……

不，我不明白昨天我爲什麼沒有立刻去觀護人公所，今天，十六點之後，我一定會去。

十六點十分，我剛走出船塢，立刻就看見O在轉角——對我們的相會高興得整個人透著粉紅色。「啊！她有個簡單的、圓圓的腦袋，眞是幸運：她會了解的，她會支持我的……」不過，我並不需要支持，我的心意已決。

進行曲從樂坊的喇叭中和諧的傳出——日日不變的進行曲。啊！這種每日的重複，恆久不變，明鏡般的清晰帶給人多麼無上的喜悅啊！

她抓住我的手。「散步去。」又圓又藍的眼睛對著我睜得大大的，像藍色的窗子。我可以跨進去，不必擔心會絆倒，裡頭什麼也沒有——也就是說什麼多餘的、不需要的東西都沒有。

「不，今天不散步，我得要……」我告訴她必須要去哪裡，但是讓我驚愕的是那玫瑰紅的一圈小嘴抿成了一個弦，兩邊嘴角下垂，彷彿她嚐到了什麼酸溜溜的東西。我的脾氣上來了。

「你們這些女性號民簡直是滿腦子的偏見，無可救藥，完全不知道什麼是抽象思考。很抱歉這麼說，可是那完全是百分之百的愚蠢。」

「你要去找那些間諜……喔！虧人家還幫你從植物館摘了山谷百合來……」

「什麼叫『虧人家』──誰『虧』妳什麼了？女人喏！」憤怒之下（我承認）我搶過她的山谷百合。「這樣行了吧，妳的山谷百合？怎麼樣？聞聞看啊──很香是不是？妳爲什麼連這麼一點邏輯概念都沒有？山谷百合味道很香，很好，可是不管說得好不好，妳都沒辦法用語言來描述味道吧，描述味道這種概念？妳不行，對不對？山谷百合有香味，莨菪有臭味：兩種都是味道。古代國家有間諜──我們的國家也有……沒錯，間諜，我不怕說出來，可是很顯然古代的間諜是莨菪，而我們的卻是山谷百合，沒錯，就是山谷百合！」

粉紅弦顫抖著。我現在才明白我錯了，可是當時我眞的以爲她就要捧腹大笑了。所以我吼得更加大聲：「沒錯！山谷百合。而且沒有什麼好笑的，一點也不好笑。」

光滑渾圓的頭顱球體一個個飄過，轉過來看。O輕輕挽住我的手臂。「你今天好奇怪……不會是生病了吧？」

那場夢──黃色──佛陀……我當下就清楚必須要到醫務部去一趟。

「妳說對了，我生病了。」我開心的喊（眞是教人想不通的矛盾──並沒有什麼值得開心的啊）。

「那你要趕快去看醫生。你最了解自己，好起來是你的責任。要是還輪到我來提醒你，那就太可笑了。」

「我親愛的O，妳說的都對，對極了！」

我沒去觀護人公所，我也是情非得已。我得到醫務部去，一直在那裡待到十七點。

到了晚上（都一樣，觀護人公所夜間也關閉）O來看我。百葉窗並沒有放下來，我們在解決古代數學教科書上的問題：這種活動很有鎮定的功效，還能幫你釐清心思。O-90俯看著教科書，頭歪向左肩，舌頭抵著左臉頰，模樣像個孩子，好迷人。而在我心中則盡是喜悅、澄明、單純。

她離開了。我獨自一人，我做了兩次深呼吸——這在睡前非常有幫助。但突然間，我聞到了不知哪裡冒出來的味道，又讓人心神不寧……我很快發現了味道的來源：一束山谷百合塞在我的床鋪裡。一剎那間，大事小事一齊飛旋起來，從最底層攀升。不，她只是無心之中留下的。好吧，我沒去！可是生病又不是我自己願意的。

札記八

提綱：無理數根
三角形
R－13

那是很久以前了，我還在念書的時候，我第一次邂逅$\sqrt{-1}$。我至今記憶猶新，彷彿從時光中剪了下來：那燈火通明的球形大廳，上百顆學童圓圓的頭顱，還有「不拉企」，我們的數學老師，那是我們給他取的綽號，他非常的破舊，隨時都可能會解體，每次監視器把他接上，擴音器就會開始「不拉—不拉—不拉—企—企—企」的叫，叫完了才會開始一天的課程。有一天「不拉企」教我們無理數，我記得我還大喊大叫，兩隻拳頭敲桌子，扯著嗓門尖叫說：「我不要$\sqrt{-1}$！把$\sqrt{-1}$給我拿掉！」這個無理數像個什麼陌生的、奇異的、可怕的東西在我體內成長，吞噬了我——是你無法理解，又不能變成無害的東西，因爲它是在比率之外的。

而現在√-1又來了。我剛把札記瀏覽了一遍，很顯然我一直在閃爍其辭，對我自己說謊——只爲了避免看到√-1。什麼我生病了，所以才不能去，根本是胡說八道！我想去的話自然就會去。一星期之前，我很肯定我會毫不遲疑就跑去。可是現在呢？又是爲了什麼呢？

今天也一樣，十六點十分整，我站在閃耀的玻璃牆前，頭頂上公所名牌金黃的字體散發著艷陽般純淨的光芒。透過玻璃我看見裡面有一長排淺藍色制服，一張張臉孔透著光亮，像是古代教堂裡的肖像燈：他們都是來此成就一樁偉大功蹟的，在一體國的神壇之前獻上他們的摯愛、他們的朋友、他們本人。而我，我渴望加入他們，與他們一起，卻做不到。我的腳深深的嵌入了人行道上的玻璃板內，而我愣愣站著，無法移動。

「啊！我們的數學家。在做夢嗎？」

我嚇了一跳。黑黑的眼睛洋溢著歡笑，厚厚的黑人嘴唇，是詩人R-13，我的老朋友——而粉紅的O也和他在一起。

我忿忿轉身。要不是他們打擾，我想我終究會把√-1連血帶肉從我的身上給撕扯掉，進入公所。

「不是做夢，是在欣賞，拜託！」我不客氣的回答。

「當然，當然！好朋友，說眞的，你不應該是數學家，你應該是詩人才對。眞的！

你何不改行來當詩人算了，怎麼樣？這主意不錯吧？我只要一秒鐘就能安排好，如何？」

R-13連珠炮似的說著，像是洶洶的洪流，唾沫星子也從他的厚嘴唇噴出來。每個「ㄕ」都是一座噴泉；「詩人」——噴泉。

「我是知識的僕人，從前如此，將來也如此。」我皺著眉頭。我既不喜歡笑話，也完全聽不懂，可是R-13卻有好開玩笑的壞毛病。

「啊！知識。你的這個知識只不過是怯懦。別說話，這是事實。你不過是想把無限關在一道牆的後面，而且你怕極了去看牆外。沒錯！去看一眼，你就會閉上眼睛。沒錯！」

「牆是所有人類的基礎……」我發話了。

R像噴泉一樣把唾沫噴向我，O笑得圓墩墩的、紅潤潤的。我只是揮揮手——你只管笑話我，我不在乎。我還有別的事情要思考，我得做點什麼來抹去、來淹沒那個該死的$\sqrt{-1}$。

「何不上來到我房裡。」我提出了建議。「我們可以做點數學練習。」我想著昨晚我們共度的安靜時刻——也許今晚也可以這樣。

O瞧了瞧R-13，又用既清澈又渾圓的眼睛看著我，兩頰微微泛紅，就跟我們的配給券的顏色一樣。

「可是今天我……今天我是跟他一起的。」她朝R點點頭。「而且今天晚上他沒空……所以……」

R塗了什麼的潮濕嘴唇好脾氣的咕噥著：「喔，我們半小時就夠了，是不是，O？我不喜歡你的數學題，也許我們還是上我那兒一會吧。」

我害怕自己一個人，也許應該說我害怕和那個全新的、陌生的、碰巧跟我一樣名字都是D-503的傢伙在一起。所以我跟著他們去了R的地方。沒錯，他並不精確，沒有節奏，還有一種翻轉的、嬉笑怒罵的邏輯，可是我們是朋友。三年前我們一起選擇了迷人的、玫瑰紅的O，而這一點更讓我們學生時代就建立起的交情更加牢靠。

後來到了R的房間。樣樣擺設都和我的一模一樣：作息表、玻璃椅、衣櫃、床鋪。可是R一進房間就把一張椅子搬開，又搬開第二張，這一搬所有的平面都亂了，每件東西都脫離了設定的比例，打亂了歐氏幾何定理。R永遠都是老樣子。在泰勒定律和數學課上，他永遠是班上的墊底。

我們回憶老「不拉企」，我們這些男生會把他的玻璃腿貼滿感謝的小紙片（我們都很喜歡他）。我們回想我們的法律指導員①，這個法律指導員有格外雄渾的聲音，就彷彿是陣陣強風從擴音器裡吹出來——而我們這些學童就跟著他扯開喉嚨唸課文，吵得可以震破耳膜。我們也回想了不受教的R-13有一次把他的擴音器塞滿了嚼碎的紙，所以每一課都會伴隨著雪球亂噴。R當然是受罰了，他的行爲當然不對，可是我們現在卻笑得很開心——我們這個鐵三角——而且我承認，我也笑得一樣開懷。

「如果他是活的人呢？像古代的老師一樣？那樣的話難道不會……」厚厚的嘴唇噴出一連串的話。

陽光從天花板、牆壁透進來；太陽從頭上，四邊，從底下反射上來。O坐在R的大腿上，一滴滴的陽光在她的藍眸中閃耀。我覺得暖烘烘的，恢復了精神。「√-1」蟄伏了下去，不動了……

「你的**整體號**怎麼樣了？我們很快就要出發去教育其他星球上的居民了吧？你的動作最好快點，否則我們這些詩人會寫出太多東西，到頭來你的**整體號**恐怕連升空都會成問題。每天從八點到十一點……」R搖頭，抓了抓腦門。他的後腦勺就像是個方形的手提小旅行箱，把手長在後面（教我回想起一幅古畫「馬車內」）。

「你也在爲**整體號**寫東西嗎？」我很有興趣。「寫什麼？比方說今天？」

「今天，什麼也沒寫。我在忙別的……」他的「別」字又朝我噴唾沫。

「忙什麼？」

R咧咧嘴。「這個嘛！好吧，你要是想知道的話，是一樁判決。我把一樁判決寫成了詩。有個白癡，也是我們詩人裡頭的一個……有兩年他坐在我隔壁，一切好像都沒有問題，後來也不知是怎麼回事，他突然說：『我是天才，天才，不受法律管轄。』寫了一大堆亂七八糟的東西……哎！還是不提也罷……」

兩片厚唇鬆鬆的垂著，眼中的漆光消失。R－13跳了起來，轉過身，瞪著牆外某處。我盯著他那鎖得嚴嚴密密的小旅行箱，心裡想他在他那個小小箱子裡翻尋些什麼？怪彆扭的一刻，不對稱的沉默。我不清楚問題出在哪裡，但就是有什麼地方出了岔子。

「幸好，那些莎士比亞啦、杜思妥也夫斯基啦等等的太古時代都已經過去了。」我說，特意說得很大聲。

R轉過來看著我。他說話仍舊是像噴霧一樣，但我卻覺得他眼中那快樂的亮光不見了。

「對，我親愛的數學家，幸好，幸好，幸好！我們是最快樂的等差中項……就像你們數學家的說法，從零到無限大的積分，從白癡到莎士比亞……沒錯！」

我不知道是爲什麼──因爲乍看之下是毫無關聯──可是我卻想起了另一個人，她的語氣；最不可察的線似乎從她那裡延伸到了R身上（究竟是什麼呢？）「Ｉ」再一次蠢蠢欲動。我打開胸章，再二十五分就十七點了，他們還有四十五分鐘的時間使用粉紅配給券。

「唉，我得走了……」我吻了O，和R握手，走出房間去搭電梯。

我過了街，到了馬路那邊這才回頭看：在明亮、陽光普照的建築外殼上，不時可見一方方灰藍色、不透明的百葉窗放了下來──那是有節奏的、泰勒化的快樂方格。而在第七樓我發現R－13的方格，百葉窗早就放下了。

親愛的O……親愛的R……他的心底也有（我不知道爲什麼用上「也有」這兩個字，可是就讓我的手隨它的意思寫吧），他的心底也有我並不是全然清楚的東西。但是他跟我跟O——我們是一個三角形，也許不是等邊三角形，卻絕對是個三角形。用我們祖先的說法（也許，各位星球上的讀者，你們更能夠了解這種語言），我們是一家人。而偶爾，即使只是相當短暫的機會，能夠放輕鬆，休息一下，讓自己窩在一個簡單的、牢固的三角形裡，什麼也不管……

注釋

① 當然他的主題不是古人稱的「宗教法」或「神法」，而是一體國的法律。（作者注）

札記九

提綱：祭典
抑揚格與揚抑格
鐵掌

晴朗肅穆的一天。像這樣的日子你會忘了你的弱點、不精確、毛病，萬事萬物都清澈如水晶，永恆不變——就如我們的玻璃一樣。

立方廣場。六十六圈同心圓組成的看台，六十六排靜默發亮的臉孔，眼中映射出天空的光芒，也可能是一體國的光芒。血紅色的花朵——那是女性的紅唇。前排是一張張兒童的臉，有如溫柔的花圈，靠近行動的中心。專注、肅穆、哥德式的沉默籠罩全場。

根據流傳下來的文獻記載，古人在他們的「宗教祭典」上也有和我們類似的經驗。但是他們膜拜的是他們那不理性的、未知的上帝；我們卻是爲理性的、一清二楚的上帝服務。古人的上帝除了艱苦的追尋之外什麼也沒給他們，他們的上帝想不出什麼更合理的辦法，只能夠用自己來犧牲，至於犧牲的理由是什麼也沒人想得通。但是我們卻向我們的上帝，也就是一體國來犧牲奉獻，那是平靜的、理性的、合理的犧牲。是的，這就是我們一體國的莊嚴祭典，是爲了紀念那場可怕的試煉，兩百年戰爭，是爲了慶祝「全部」戰勝「單一」，「總和」戰勝「個人」。

那人，他站在灑滿陽光的立方廣場上。一張白色——不，說不上是白色，而是毫無顏色——的臉：一張玻璃臉，兩片玻璃唇。唯有那雙眼睛，是黝黑的、貪婪的、凹陷的洞。而他來自的那個可怕的世界不過只有幾分鐘的路程。寫著他號碼的金色胸章早已摘除，他的雙臂被一條紫色緞帶綑綁住——這是古人的習俗（顯然可以追溯到從前，在這類事情以一體國之名而執行之前；當時可想而知那些罪犯自覺有權利反抗，因此他們的雙手也就總是被鐵鍊縛住）。

而高高在上的，在立方廣場之上，在機器附近，那個文風不動的形體，彷彿是金屬鑄造的，是他，我們所稱的造福者。從下面望上去看不清他的臉孔，你只知道那是方形的、嚴厲的、莊嚴的輪廓。但那雙手……有時照相時雙手距離照相機太近，相片中的手就會大得出奇，吸引住所有的目光，掩蓋了其餘的部分。這一雙沉重的手也是，雖然靜靜的擺在膝蓋上，卻是清清楚楚——那雙手是石頭，而兩個膝蓋給壓得幾乎支撐不住。

突然之間，一隻手緩緩舉高——動作緩慢，鐵鑄的一般。看台上有一名號民服從舉高的手，走向廣場。他是一名國家詩人，肩負著以詩歌頌揚慶典的光榮使命。神聖而嘹亮的抑揚格詩章雷霆般響徹看台——吟咏著長了玻璃眼的狂人，站在台階上，等待著自己的狂言囈語所導致的應有後果。

一簇熊熊火焰燃燒。在抑揚格的詩句中，建築搖晃著，液態黃金向上噴射，繼而倒洩而下。新綠的樹木枯萎皺縮，樹汁一滴滴流出，燒得什麼也不剩，只剩下光禿禿的樹幹，有如焦黑的十字架。但是普羅米修斯①（這當然指的是我們）出現了：

他用機器和鋼鐵馴服了駑馬般的大火，
用法律的鎖鍊制服了混亂這個惡徒。

於是乎萬物煥然一新，萬物堅如鋼鐵——鋼鐵的太陽，鋼鐵的樹木，鋼鐵的人。但突然間冒出一個狂人，他「斬斷鎖鍊放出了大火」，眼看萬物又將付之一炬……

很遺憾，我這人對詩歌實在是沒什麼慧根，老是聽過就忘，但是我倒是記得一點：這首詩使用的意象之美、教誨意義之豐富，恐怕是別首詩歌望塵莫及的了。

接下來又是緩慢沉重的手一揮，第二位詩人出現在立方廣場的台階上。我甚至從座位上微微抬起了身體：不可能！不，還眞是他的厚嘴唇呢！是他……他爲什麼沒跟我說他竟然享此殊榮……他的嘴唇顫抖，一片的灰白。我能理解：他可是在造福者的面前，在全體觀護人的面前誦詩……可是，緊張到這種程度……

銳利又快節奏的揚抑格——有如斧頭的連續劈砍。控訴著一樁窮兇惡極的罪行，控訴著一首褻瀆的詩歌，詩中竟污蔑造福者是……不，我不願再用筆來複述。

R－13一屁股坐回座位上，一臉蒼白，誰也不看（我從來沒想到他竟是這樣的害羞）。在億萬分之一秒中，我瞥見了某人的臉——一個黝黑、尖銳的三角形——在他附近閃過，立刻就消失無蹤。我的眼睛，上千雙的眼睛向上看著高處的那具機器，看著那隻非人的手做出第三次動作。而那名逾越者，被隱形的風吹得腳步蹣跚，緩緩登上一級階梯，又一級，再一級——也是他此生最後一級階梯，終於他躺上了最後的一張床，面向天空，頭向後仰。

有如命運般堅如鐵石的造福者緩步繞行機器，一手按住了槓桿……一點聲響也沒有，連呼吸聲都消失了——一雙雙眼睛都盯著那隻手。唉，能夠充當這樣的工具，充當十萬意志力所凝聚而成的合力，該是一股多麼波瀾壯闊的狂喜洪流啊！又該是多麼偉大的命運啊！

這一秒彷彿無止無盡。那隻手向下移，接通了電流。一道刺眼的光芒閃過，犀利的像是打了個冷顫，機器的管子響起模糊的噼啪聲。仰臥的身體被光所籠罩，像是發光的霧氣——逐漸融化，就在我們的眼前融化，融化的速度驚人。一眨眼間什麼也沒有了——只剩下一小灘化學純水，一分鐘之前還曾在心臟裡紅艷艷的跳動著……

這一切都很簡單，而且大家都了解：是的，這是物質的分離作用；是的，這是人體的原子分裂。然而每一次又都像是奇蹟——象徵著造福者那超人的力量。

高高在我們之上，面對著他的是十名女性號民，嘴唇興奮的分開，鮮花撒在風中②。

根據古老的風俗習慣，十名女子會在造福者那身仍沾著水珠的制服上套上花環。造福者踩著大祭司的莊嚴步伐，緩緩拾級而下，緩緩走在看台之間，所經之處，女性高舉雪白的手臂，猶如一根根的枝椏，百萬人大聲歡呼，呼聲整齊劃一，接著再爲觀護人歡呼，他們就在這裡，就在我們之間，只是沒人看得到。誰知道呢？說不定古人憑藉想像力創造出伴隨他一生、讓他既愛又怕的「守護天使」之時，就是預見了我們的觀護人呢！

是的，這場肅穆的儀式確定帶有某種古代宗教的味道，某種淨化的作用，有如一場暴風雨。將來會讀到我這本札記的各位——你們也體驗過類似的時刻嗎？如果沒有，我眞爲你們惋惜……

注釋

① 希臘神話中人物，因盜取天火給人類而受懲，被綁在岩石上，肝臟為老鷹所啄食。

② 鮮花當然是從植物園中採擷的。我個人是看不出花朵到底有什麼美麗，就跟那些許久之前就被放逐到綠牆之外的原始世界裡的所有東西一樣，不知有什麼美麗可言。只有理性的、有用的東西是美麗的，比方說機器、靴子、程式、食物之類的。（作者注）

札記十

提綱：一封信
　　　錄音膜片
　　　毛茸茸的我

昨天對我來說就像是化學家過濾溶劑的濾紙一樣：所有懸浮的分子，所有的渣滓都殘留在濾紙上。今天早晨我像濾淨的透明液體一樣清新的下樓去。

樓下大廳裡，女管理員坐在桌後，看了看鐘，記下進入大樓的號民。她是U……我還是別寫出她的號碼好了，以免說出什麼不中聽的話來。說眞的，基本上她是個相當可敬的中年女性，唯一讓我不喜歡的地方是她的臉頰下垂了，活像是魚鰓（可是話說回來，我又幹嘛這麼在意這一點呢？）。

她的筆沙沙作響，我看見我的名字出現在紙上——D-503，旁邊還濺了一滴墨水。

我正要提醒她注意，她突然抬起頭來，朝我露出淡淡的微笑，彷彿是朝我臉上甩了一滴墨水。「你有一封信。對，你會收到，我親愛的，對，對，你會收到的。」

我知道那封信她已經先看過了，不過還是要先通過觀護人公所的檢查（我相信我不需要再解釋了，這是理所當然的程序），之後我會在十二點之前收到。可是她那抹笑卻讓我不太自在；那一滴墨水混濁了我透明的溶劑。事實上還不只是輕微的混濁，連我稍後到了**整體號**的船塢，我都還沒辦法定下心來，甚至在計算時犯了錯，這可是我從來沒有發生過的事。

十二點了，又看見一次褐色中帶著粉紅色的魚鰓，最後信件送到了我手上。我不知道為什麼當下沒有拆開來看，反倒把信放進了口袋裡，匆匆回房。到了房間之後，我把信拆開來，速讀了一遍，一屁股坐了下來……這是官方通知，I－330登記了我，而我今天二十一點必須到她那兒去。她的地址列在下方。

不可能！發生了那樣的事，而且我還把自己對她的看法毫不含糊的說了個一清二楚。再者，她連我是否去了觀護人公所都不確定。畢竟她無論如何也無法獲知我生病了——呃，我沒辦法去……再者，撇開這一些不說……

我腦袋裡像是有部發電機在轉動，在嗡嗡叫個不停。佛陀，黃色的絲，山谷百合，玫瑰紅的圓弧……喔！對了，O今天要來找我。我應該把有關I－330的這份通知拿給她看嗎？我委決不下。她不會相信（說真的，那也不能怪她）我跟這件事一點關係也沒有，不會相信我完全……而且我很肯定絕對少不了一場棘手的、莫名其妙的、完全不合邏輯的對話……不，千萬不能這樣。這件事應該要機械式的解決：我會影印通知書，把副本寄給她。

我匆匆把通知書塞進口袋裡——冷不防看見我那隻猿猴似的醜八怪手。我想起了那次散步I－330拉起我的手細細的看。難道她真的……

再過十五分鐘就二十一點了。這是一個白夜，萬事萬物都像是透著綠光的玻璃製成的，但是與我們的玻璃非常不同——那是脆弱、不真實、很薄的一層玻璃殼，而在其下則有什麼東西在旋轉、衝撞、嗡嗚……如果演講廳的圓頂駕起圓圓的煙霧徐徐升空，年老的月亮也跟今天早晨的女管理員一樣甩墨水似的笑，所有的屋子都在一瞬間放下了百葉窗，而在百葉窗後……真要是這樣，我也不會驚愕。

我有種怪異的感覺：我的肋骨彷彿成了鐵鑄的，不住的壓迫，真的在不住的壓迫我的心臟——像是沒有空間可以容納它。我站在嵌著金色號碼I－330的玻璃門前，她背對著我而坐，正對著桌子，在寫什麼。我進屋去。

「喏……」我交出粉紅配給券。「我今天接到通知，所以我就來了。」

「你的動作可真快！等我一分鐘可以嗎？請坐。我先寫完。」

她的眼睛又低下去看信——她的腦袋裡，在那低垂的簾幕後，是在想什麼？她會說什麼？一分鐘後我又會做什麼？她的一切都是這麼的——來自「那裡」，來自那野蠻的、古代的夢境，我又怎麼能發掘答案，怎麼計算得出來呢？

我默默看著她，肋骨好似鐵鑄的欄杆；我無法呼吸……等她開口，她的臉像是一只快速轉動、閃爍發光的飛輪，快得你分不清一根根的車輻。可是現在輪子靜止不動了，而我看見了一個奇怪的組合：暗色眉毛挑到了太陽穴，像是一個嘲弄的倒銳角三角形；而從鼻翼到嘴角的兩道深深紋路，則向上形成了一個正銳角三角形。而這兩個三角形竟莫名奇妙的互相衝突，把整張臉蓋上了一個惱人的X，宛如一個傾斜的十字架。一張有十字架的臉。

輪子又開始轉動，輪輻又混在一塊……

「原來你沒有去觀護人公所啊？」

「我沒去……去不了——我生病了。」

「是啊，我也猜到是因爲這個緣故。一定是有什麼事阻止了你——無論是什麼。」（尖銳的牙，微笑）「不過現在你落到我的手掌心了。你還記得吧？凡是未能在四十八小時內向觀護人公所舉報之號民即視同……」

我的心猛烈跳動，撞得鐵鑄的肋骨都彎了。當場活逮，跟個愚蠢的小男孩一樣。而我也愚蠢的保持沉默，我感覺到我掉入了陷阱，手腳都動彈不得。

她站起來，好整以暇的伸個懶腰，接著按下按鍵，百葉窗降了下來，微微發出噪音。我和世界隔開來了，單獨和她在一起。

I-330就在我身後某處，靠近衣櫃的地方。她的制服窸窣響，落在地上。我靜靜諦聽，整個人都在聽，而且我記得……不，不是記得，而是掠過我心頭百分之一秒……

近來有一次我計算一種新型街道錄音膜片的弧度（這些膜片隱藏得非常巧妙，遍設在街道上，錄下種種談話，以供觀護人公所之用）。我記得那粉紅色、凹面的、微顫的膠膜，那怪異的東西只有一個器官——一隻耳朵。這一刻我就是那個膜片。

領口的釦子打開了，其次是胸上的，接著更低……光滑的絲綢從肩膀滑下，落到膝蓋，掉到地板上。這時我的聽力比視力更加犀利，我聽見一隻腳跨出了藍灰色的絲衣，另一隻……

繃得緊緊的膜片輕輕顫動，錄下寂靜。不，不是寂靜：而是清晰沉重的鐵鎚敲打著鐵鑄的欄杆，中間帶著無盡的停頓。我還聽到——看到她在我身後，思索了一秒。

而現在——衣櫃門響了一下，什麼蓋子掀開了，再來是窸窸窣窣的絲綢、絲綢……

「好啦，請吧！」

我轉過去。她披著一件杏黃色的古式連身裙，這比她身無寸縷還要殘忍一千倍。兩個尖尖的點從薄如蟬翼的絲衣中突出來，散發著粉紅光芒，像是兩團餘火從灰燼中竄出；兩個圓墩墩的膝蓋……

她坐在一張低矮的扶手椅上，面前的長條桌上擺了一瓶綠油油的飲料和兩隻高腳小杯。她的嘴角呼出一縷淡淡的煙霧——是古人抽的那種裡頭卷著草的細長紙管（我忘了那叫什麼名字了）。

膜片仍顫動不止。鐵鎚在我體內敲打著鐵鑄的欄杆，每一聲我都聽得一清二楚，而……而猝然間我擔心萬一她也聽見了怎麼辦？

但她逕自恬淡的呑雲吐霧，恬淡的看著我，漫不經心的撣掉菸灰——撣在我的粉紅配給券上。

我盡可能裝出一副冷淡的樣子，問道：「既然如此，妳爲什麼登記我？又爲什麼強迫我到這裡來？」

她卻好像是沒聽見的模樣，自顧自把瓶中的液體斟到杯子裡，小口啜飲。

「嗯，眞不錯。你要喝點嗎？」

到現在我才想通：原來是酒。昨天那一幕有如閃電般劃過：造福者那堅如鐵石的手，那令人眩目的光；而在立方廣場上，那具身體，攤開著，頭向後仰。我打了個哆嗦。

「聽著，」我說，「妳自己也知道，誰要是用尼古丁毒害自己，尤其是用酒精毒害自己，一體國都會無情的加以摧毀……」

暗色眉毛挑到了太陽穴上，形成一個銳利嘲弄的三角形。「快速的摧毀一些人就比給他們機會慢慢毀滅自己要來得合理嗎？還有退化等等的，一路退化到——等而下流。」

「對……退化到等而下流。」

「而萬一這一小群赤裸的、禿頭的眞相給放到了街上去……哎呀呀，想想看……就拿我最忠誠的仰慕者來說好了——喔，你認識的啊——想像一下他拋棄了虛僞的衣物，以眞實的形體站在大家面前……唉唷！」

她笑了起來，但我清楚的看見她的下半張臉那悲傷的三角——嘴角到鼻翼的兩道深紋。也不知爲了什麼，這兩道紋倒讓我有所領悟：那個彎腰駝背、雙耳招風、上下都成弧形的人……他擁抱過她，擁抱現在這樣的她……他……

我是想要把當時的感覺——異於平常的感覺——給表達清楚。記錄著這一段時，我十分清楚這一切就是它理當應有的樣子。就和每一個誠實的號民一樣，他也有權利享樂，所以說三道四未免不夠厚道……可是，就算什麼都不說也已經夠清楚了。

I－330的笑聲很怪，她笑了很久，笑聲方落，她忽然緊盯著我看——看進了我心裡。「不過最重要的是我跟你在一起可以完完全全的放鬆，你眞是個小親親——喔，別抗議——你絕對不會想到公所去舉報我喝酒抽菸的。你會生病，不然就太忙，不然就是別的原因。我甚至肯定下一刻你就會和我一起品嚐這個奇妙的毒藥了……」

那厚顏嘲弄的語氣，當時我一定感覺到我討厭她，現在我又一次感覺到。可是我爲什麼說「現在」呢？我一直都討厭她啊！

她一仰脖子喝光了整杯綠色酒漿，站了起來，透明的杏黃薄衫散發著粉紅光芒，跨了幾步……停在我的椅子後面。

猛然間，一隻手臂摟住了我的頸子，嘴唇貼上了嘴唇——不，不是嘴唇，而是更深入、更教人駭然的地方。我發誓，我完全沒有料到她會有這種舉動，也許這就是唯一的原因讓我……畢竟不可能是我自己主動的——現在我徹徹底底的明白了——我自己是不可能會想要接下來的事發生的。

甜蜜得無法形容的雙唇（我猜一定是酒的味道），還有一口猛烈的毒藥流入我口中，接著是更多，更多……我脫離了地球，彷彿一個獨自的行星，瘋狂的旋轉，俯衝向下、向下，沿著未知的、未經計算的軌道……

接下來發生的事只能大略的記述，只能多少運用類比。

我從沒有過這種經驗，可是眞的就是如此：我們這些地球上的人每天都走在一片血紅熾熱的火海上，那片火海隱藏在地球的腹部。我們從來沒想到過這點，可是萬一我們腳下那薄薄的一層殼變成了玻璃，而突然之間我們看到了……

我就變成了玻璃。我看見了——我的內裡。

裡面有兩個我，前一個是D－503，號民D－503，而另一個……之前他不過是才剛從殼裡伸出了毛茸茸的爪子，但是現在他全然的爆破開來，外殼龜裂了，再一分鐘就會炸成碎片，然後……然後……怎樣？

我使盡了全力，彷彿是緊抓住救命的稻草，我死命抓著椅臂，開口發問，卻只聽見我自己，另一個自己，舊的自己問道：「妳是……是打哪兒弄到……這個毒藥的？」

「哦，這個啊！從醫生那兒，我的一個……」

「我的一個……？我的一個——什麼？」突然間另一個我跳了出來，大吼大叫：「我不准！除了我誰也不行，我會把他們每一個都宰了……因爲我……因爲妳……我……」

我看見了——他用毛茸茸的爪子粗魯的抓住她，撕開了絲衫，牙齒狠狠咬下……我清清楚楚的記得——他的牙……

我不知是怎麼回事，但是I-330掙脫了開去，她——隱藏在那該死的、看不透的簾幕後的眼睛——背靠著衣櫃，聽我說話。

我記得，我落在地板上，抱著她的腿，吻她的膝蓋，苦苦哀求：「現在，就是現在，現在……」

尖銳的牙齒，尖銳嘲弄的眉毛三角。她彎腰，默默摘掉我的胸章。

「對，對！寶貝，寶貝！」我急吼吼的脫掉制服，但是I-330只是默默的把我胸章上的錶拿給我看，時間是二十二點二十五分。

我有如墜入冰窖。我知道二十二點三十分之後仍在街上逗留是很嚴重的犯禁。我的瘋狂有如被一陣寒風吹散，我又恢復了自我，有一件事非常的清楚：我恨她，我恨她，我恨她！

一句再見也沒說，一次回顧也沒有，我衝出了房間，一邊跑一邊把胸章別回去，一步跨兩三階，衝下樓梯（唯恐會在電梯內遇見什麼人），我衝上了空盪盪的街道。

街上一切都井然有序——這麼簡單，平凡，正常：玻璃屋在燈光下閃爍，淡淡的玻璃天空，靜止不動的泛綠夜色。但在這清涼寂靜的玻璃底下卻有一個狂暴、血紅、毛茸茸的傢伙無聲的狂奔著。我拔腿快跑，上氣不接下氣，就怕來不及。

正著急著，我又感到那匆匆別上的胸章鬆開了，掉了下去，叮噹一聲敲在玻璃路面上。我俯身去撿，就在這片刻的寧靜中，我聽見後方有腳步聲。我連忙轉身，只見一個小小的、低著頭的東西悄悄轉過了街角，至少當時我覺得看見的是它。

我繼續以全速疾奔，耳旁的風咻咻響。到了入口，我停了下來：錶上時間只差一分鐘就二十二點半。我側耳細聽——後面沒有人。顯然剛才只是一時的幻覺，是毒藥的效力。

這一晚我輾轉難眠。床鋪在我身下起起伏伏，沿著正弦曲線飄浮。我自己和自己爭辯：號民都必須在夜晚睡覺，這是他們的責任，就和白天的責任是工作一樣。晚上不睡覺就是犯罪……然而，我就是睡不著。

我完了。我無法履行對一體國的義務……我……

札記十一

提綱：無，我想不出來，想到什麼我就寫什麼吧！

傍晚。一場薄霧，天空掩藏在一層金燦燦的奶白色面紗後，看不見天上有什麼，面紗之外有什麼。古人知道上帝——他們最偉大又無聊的懷疑論者——在天上。我們卻知道上面只是一片水晶似的藍，赤裸的，毫不崇高的空無。但是此時此刻我卻不知道天上究竟有什麼：我學習得太過了。知識即信仰，知識絕不會謬誤。我對自己有牢不可破的信仰；我曾相信我對自己無所不知。而現在……

我立在鏡前，生平第一次——沒錯，是第一次——我清楚的、犀利的、自覺的看見自己。我愕然看見自己是某個「他」。看吶！我是他：黑色一字眉，眉心有一道疤，一條垂直的肉褶（我不知道以前有沒有）。鋼灰色的眼睛，眼圈有一夜無眠的陰影，而在這塊鋼之後……我這才發現原來我不知道那裡有什麼。而離了「那裡」（這個「那裡」

同時既是這裡也是無限遠的空間），離了「那裡」，我看著自己——看著他——我明白了：他，那個長著一字眉的他，是個陌生人，與我素昧平生，是我今生第一次遇見的人。而我，那個眞正的我，並不是他。

不是他，就是這樣。一切只是無稽之談，那些詭異的感覺也只是幻覺，昨天被下毒的結果……被什麼下了毒？是一小口綠色毒液，還是她？都無所謂。我把這些事寫下來只是要讓你們看看人的理性，那麼的犀利，那麼的精準，竟然可以那麼迷惑，被拋進一團混亂之中。人的理性把古人那麼害怕的無限大化簡爲繁，讓他們能夠接受，只要……

顯示器響了：是R—13。我請他進來；其實我倒是鬆了一口氣，要我現在自己一個人，我實在……

二十分鐘後

在紙張的平面上，兩度空間的世界裡，這些線一條挨著一條，可是換成是不同的世界……我失去了數字感：二十分鐘可能是二百分鐘、二十萬分鐘。而且用平靜的、愼重的、精挑細選過的詞語寫下方才我和R的事似乎非常奇怪，那就像是坐在床鋪旁的扶手椅上，翹著二郎腿，好奇的看著你自己在床上蠕動一樣。

R—13進來後，我的心情是絕對的寧靜正常。我誠心誠意讚美他成功的把審判賦詩，告訴他他的揚抑格詩是粉碎摧毀那個狂人最有力的工具。

「我甚至敢說——要是我被要求去畫造福者的機器圖解藍圖的話，我會想辦法、想辦法把你的詩放進藍圖裡。」我說完了最後一句。

可是突然間我注意到R的眼睛變得黯淡無光，嘴唇也轉灰了。

「怎麼了？」

「什麼，什麼！喔……喔！我只是受夠了。人人嘴上都掛著那場審判，我連一個字都不想再聽了，我就是不想聽了。」

他蹙起眉頭，摩挲著後腦勺——他頭上那個小箱子，裡頭裝的奇怪行李是我怎麼也弄不明白的。一陣停頓，接著他在箱子裡找到了什麼，拉了出來，打開來。他的眼睛笑意盎然，他跳了起來。

「不過為了你的**整體號**，我正在寫……那會是……欸，那可會是了不得的作品！」

R又恢復了老樣子：連環張闔的厚唇，唾液四濺，字語泉湧而出。「你看」（「看」字又噴口水）「……天堂的古老傳說……哈，說的就是我們啊！就是今天啊！沒錯！想想看，那兩個在天堂裡的，獲得了一個選擇：沒有自由的快樂或是沒有快樂的自由。除了這兩個之外，沒有第三個選項。那兩個白癡選擇了自由，結果呢？不用說，幾個世紀過去之後，他們又渴望起鎖鍊來了。鎖鍊——你懂了嗎？那就是世界的悲哀所在。浪費了好幾個世紀呢！一直到我們才找到了恢復快樂的方法……不，等等，再聽下去！古人的上帝跟我們肩併肩，坐同一張桌子。沒錯！我們終於幫助上帝征服了惡魔——因爲就是惡魔誘惑了人類去打破禁忌，嚐了自由的毀滅滋味，就是他，那條邪惡的毒蛇。而我們，我們用我們的靴子踩中了他的小腦袋，卡滋！天下太平，我們又得到天堂了。我們又像亞當夏娃一樣的無邪單純了，不再有善惡的混亂之爭了。無論什麼都很單純——和天堂一樣，和孩子一樣單純。造福者，造福者的機器，立方廣場，瓦斯鐘，觀護人——這一切都是好的，這一切都是崇高的、莊嚴的、高貴的、提升的、水晶般的純淨。因爲它保護了我們的非自由，也就是我們的快樂。古人會開始討論思索，想破他們的腦袋——什麼道德啦，不道德啦……咳，閒話少話。這樣一首天堂之詩你覺得如何？啊，當然啦，語調是絕對嚴肅的……你懂了嗎？了不起吧？」

問我懂了嗎？那還用說，很簡單嘛！我記得那時在想：呵，這麼一張可笑、不對稱的臉，可是卻有那麼一個清晰正確的心智。所以他和我，那個眞正的我，才會那麼親近（我還是把那個舊的我當成是眞正的我；今天的不正常，當然只是一種疾病）。

R顯然從我臉上看出了我的想法，他一手摟住我的肩膀，哈哈大笑。

「啊！你呀……亞當。對了，順便說一下，關於夏娃……」

他在口袋裡翻找，拿出了一本筆記簿，不停翻頁。「後天……不對，是兩天後，O想拿張粉紅配給劵來找你。你覺得怎麼樣？還是照樣嗎？你是不是要她來……」

「當然好，沒問題。」

「那我會跟她說。她自己有點害羞，你也知道……哎，麻煩啊！跟我一起，倒沒什麼，你知道，不過就是張粉紅配給券嘛！可是換作你啊……而且她不肯告訴我，那個打破了我們這個鐵三角的第四者到底是誰。趕快招供吧，你這個好色之徒，是誰？說啊？」

我心中一面簾幕飛捲了上去——絲衫窸窣，一只綠瓶，紅唇……就在這當口，我冒冒失失的脫口而出（要是我當時能管住自己就好了）：「喂，你有沒有嚐過尼古丁或酒精？」

R雙唇一抿，側目看了我一眼。我能清晰無比的聽見他腦海中的想法：就算你是朋友，可是……接著他就回答了：「這個嘛，我該怎麼說呢？實際上沒有。可是我認識一個女人……」

「I－330。」我大喊出來。

「哦……那你——你也是？跟她？」他忍住一肚子的笑，大口大口地吸氣，彷彿隨時都會爆笑出聲。

我掛在牆上的鏡子因爲角度的關係，只有坐在桌子對面才能看見自己；從我坐的這張椅子我只能看見我的額頭和眉毛。

而現在，我——眞正的我——在鏡中看見了那扭曲的、跳動的一字眉，眞正的我聽見了野蠻的、反感的吼叫：「什麼叫『也是』？你說『也是』是什麼意思？說，你非說個清楚不可！」

張大的厚唇，突出的眼睛。接著我——眞正的我——揪住了另一個，那個野性、毛茸茸、不住喘氣的那個，揪著他的領口。眞正的我對R說：「看在造福者的面子上，請原諒我。我病得厲害，沒辦法睡覺。我不知道是怎麼回事……」

厚唇上閃過一抹微笑。「好，好！我了解，我了解！我都知道……當然是在理論上。再見吧！」

他走到門口轉過身來，像個黑色小球一樣向我彈跳過來，往桌上拋了一本書。「我最新的……特地帶來給你，差點忘了。再見……」「再」這個字噴向我，他搖搖晃晃走出了房間。

我又是一個人了，或者該說一個人跟另一個「我」綁在一起。我坐在椅子上，翹著二郎腿，好奇的從某個「那裡」看著我——我本人——在床上蠕動。

爲什麼？爲什麼整整三年我跟O跟R一直處得很融洽，而現在——只提到一句關於I－330的話，就……難道說愛情、嫉妒這種發神經的事不只是那些白癡古書裡才有的嗎？最莫名奇妙的是我……我是專門研究方程式、公式、數字的啊……我竟然會這樣！我什麼也不明白了……一點也不明白……明天我要去找R，告訴他……

不，我不是說眞的，我不會去找他，明天不會，後天也不會——我永遠也不會去。我做不到，我不想要見他。到此爲止了，我們的鐵三角垮了。

我獨自一個人。傍晚。一場薄霧，天空掩藏在一層金燦燦的奶白色面紗後。要是我能知道那裡，面紗之上有什麼就好了！要是我能知道我是誰，我是個什麼樣的人就好了！

札記十二

提綱：無限的限制
　　天使
　　讀詩有感

我始終有種感覺：我會痊癒，我能痊癒。我睡得很好，沒有夢，也沒有病態的徵兆。明天親愛的O會來看我，一切都會像個圓一樣簡單、正確、有限。我並不害怕「限制」這個字。人類最高的機能，也就是理性，它的功能就是在不斷的限制無限，把無限打破成方便的、容易消化的一小塊，也就是微分。就是因爲如此我專攻的領域——數學——才會是至聖至美的學問。而那個人，I-330缺乏的就是能夠體會這一份美的理解力，不過這只是附帶一提——偶然的聯想罷了。

這許多的想法都是在地鐵有板有眼的行車聲中浮現的。我隨著車輪的節奏默默瀏覽著R的詩作（是他昨天給我的書）。突然我知覺到後面有人小心翼翼的俯在我的肩膀上方，看著翻開的那頁。我頭也不回，只是用最小的眼角餘光看見了粉紅色的招風耳、上彎下彎的形體……是他！不願打擾他，我假裝沒注意到。我無法想像他是打哪兒冒出來的，我上車的時候他似乎並不在車廂裡。

這本是件微不足道的小事，可是對我卻有格外愉快的效果，讓我變強變壯。多美好啊！知道有一隻提高警覺的眼睛看顧著你，寵愛的保護著你，不讓你犯下最輕微的錯誤，踏錯最小的一步。我這麼說也許是多愁善感了一些，可是有個類比卻浮現在我心頭——古人夢中的守護天使。從前他們只能夢想的事物，到了我們這一代卻有那麼多都實現了！

我感到守護天使在我背後的那一刻，我正欣賞著一首十四行詩，詩名是〈快樂〉。我認為若說這首詩寓意深遠，優美雋永，是罕見的佳作，應該不算過分。詩的頭四行是這麼寫的：

二乘二恆久的愛戀著，
恆久的結合成熱情的四，
世上最熾熱的愛——
不離不棄的二乘二……

餘下的部分也是在頌揚九九乘法表上睿智與永恆的幸福。

眞正的詩人免不了都是一個哥倫布，美洲早在哥倫布出生前幾世紀就存在了，但是一直要等到哥倫布才能發現美洲的存在。九九乘法表在R－13出生前幾世紀就存在了，但一直要等到R－13才能在數字的處女林中發現一個全新的黃金國①。說眞的，還有哪個世界的快樂能比這個奇妙世界裡的更加明智、更加清晰呢？鋼鐵會生鏽，古代的上帝創造了古人，給了他犯錯的能力，可見他自己也犯了一個錯。九九乘法表比古人的上帝要明智、要絕對得多：因爲它從不——你充分了解「從不」這兩字的意義嗎？——它從不犯錯。而再沒有比依據九九乘法表那和諧永恆的定律而存活的數字更快樂的東西了。沒有遲疑，沒有錯覺，唯有一個眞理，一條眞正的道路；這個眞理就是二乘二，而它眞正的道路就是四。如果這些快樂而理想的乘在一起的二突發奇想，想來點莫名其妙的自由——換言之也就是犯錯——這可不成了荒天下之大唐嗎？R－13能一針見血，抓住根本，對我來說這就像數學中的定律，不需要再加以證明了。

就在這一刻，我又一次感覺到——起初是後腦勺，其次是左耳——我的守護天使吹出的溫暖氣息。他顯然注意到我腿上的書闔了起來，我的思緒飄到了遠方。我是準備好就在那一刻那個地點把我心中的每一頁都翻給他看，這種感覺讓我無比的寧靜，無比的喜樂。我記得我轉過身，凝視他的眼睛，帶著懇求的堅持，但是他沒能了解，也可能是不想了解，所以一句話也沒問我。我別無選擇，只有一個作法，就是向你們，我不知名的讀者坦承一切（此時此刻你們就和當時的他一樣既親近又遙遠）。

我的感想從一點擴充到全體：一點是R—13，而壯麗的全體是我們的**國家詩人與作家協會**。我很奇怪古人從來都不明白他們的文學詩歌有多麼的荒誕不經，文學語言龐大雄渾的力量完全被他們糟蹋了。讓每個人愛寫什麼就寫什麼簡直是荒謬，就像古人任由海洋二十四小時拍打海岸一樣荒謬，坐視波浪那數百萬克米計的能量變成點綴愛人浪漫情懷的區區微物。但我們卻從海浪的喁喁喃喃中萃取了電力，我們把那頭吹泡吐沫的野獸給馴服了；而且我們也以同樣的方式馴服駕御了詩歌中一度野放的元素。今天，詩歌不再是一隻夜鶯厚顏無恥的無病呻吟；詩歌變成了公僕，變成了有用的工具。

就拿我們著名的「數學對句」②為例吧！少了數學對句，我們還能在學校裡學會那麼溫柔、那麼眞誠的去愛四則運算嗎？再比方說「花刺」這個古典的意象吧！觀護人就是玫瑰上的刺，保護國家這朵嬌弱之花，以免有人來橫加採擷……聽見幼童天眞無邪的口中唱出這樣的詩歌：

壞孩子粗魯的去嗅玫瑰花，
鼻子上卻被鋼鐵般的刺扎了一下。
調皮搗蛋的傢伙大喊：「哎唷，我的媽！」
沒命似的拔腿跑回家……

誰還能鐵石心腸，無動於衷呢？再比方說《造福者每日頌》吧！有哪個人在拜讀了之後不會因爲這位號民之首那無私無我的努力而虔誠鞠躬呢？還有令人肅然起敬的《法院判決的紅花》？不朽的悲劇《上班遲到的人》？還有那本指南《性行爲衛生之歌》呢？

我們整個人生，其複雜、其美麗都銘刻在文字的黃金之中。

我們的詩人不再在最高天翱翔，他們腳踏實地，和我們肩併肩邁步前進，跟著樂坊一板一眼的進行曲。他們的七弦豎琴奏出早晨電動牙刷的刷牙聲以及造福者的機器可怕的火花噼啪聲，奏出莊嚴的一體國國歌，奏出晶瑩的夜壺滴答聲，奏出興奮的放下百葉窗的窸窣聲，討論最新版食譜的吱吱喳喳聲，以及街道上錄音膜片那幾不可察的運轉聲。

我們的眾神在這裡，在人間，跟我們在一起——辦公室內，廚房內，工作房內，浴室內。眾神變得和我們一樣，由是，我們就變成了眾神，而我們會到你們那裡去，我那遙遠行星上的不知名讀者們，我們會讓你們的人生變得跟我們一樣享有神祇般的理性與精準。

注釋

① 想像中位於南美亞馬遜河附近的國度。
② 對句為兩行同音節而押韻的詩句。

札記十三

提綱：霧

你

荒誕不經的事件

我在黎明清醒，睜眼就看見堅實的玫瑰紅天空。四周一切都圓得很美。晚上O會過來。我覺得自己已經完全康復了，我笑了，再次入睡。

早晨鐘響。我下了床，但四周一切卻迥然不同了：從玻璃天花板看出去，綠牆，每一處都瀰漫了濃密又無孔不入的霧。發了瘋似的雲，一忽兒厚重，一忽兒輕盈。天空與地面沒有了界限，不管什麼都在飛，在融化，在墜落——沒有東西讓你抓住。屋舍不見了，玻璃牆消失在濃霧裡，就像結晶鹽遇水就溶化了。街道上、屋子裡陰暗的人影就像是懸浮在可怕的奶白色溶液中的分子，有的高，有的矮，有的更高，一直高到十層樓去。不管什麼都成了旋轉的煙，彷彿是從默默怒燒的大火中飄升出來的。

時間是十一點四十五分，我刻意看了鐘——爲的是要抓住數字，抓住堅實安全的數字。

十一點四十五分，在履行作息表上規定的肢體勞動之前，我在房間停頓了一下。突然電話響了。話筒裡的聲音——像是長長的一根針緩緩插入了心臟：「哈，你還在家裡？眞好。到轉角等我，我們一起去……到時你就知道。」

「妳很清楚我現在正要去上班。」

「你也很清楚我說什麼你就會做什麼。再見。兩分鐘後見……」

兩分鐘後我站在轉角，畢竟我必須要向她證明我是由一體國管轄的，不是由她管轄的。「我說什麼你就會做什麼……」而且還說得那麼篤定——我從她的口氣中聽得出來。哼！這一次我可得跟她好好談一談了。

濕氣濛濛的濃霧染出的一件件灰色制服在我身側匆匆凝成實體，又立刻消融在霧裡。我瞪著錶，整個人是一支尖銳顫抖的分針。八分鐘過去了，十分鐘……再三分鐘就十二點，再兩分鐘……

完了，我上班已經遲了。我恨她，可是又不得不向她證明……

轉角白色濃霧中出現了一抹血紅——彷彿利刃劃開似的——是她的嘴唇。

「恐怕我耽擱了你，不過反正也沒差別，你已經遲到了。」

我眞恨透她了……不過她說得沒錯，已經來不及了。

我默默瞪著她的嘴唇。女人只不過是兩片唇，什麼都不是，只是兩片唇。有些粉紅，圓之又圓，像圓圈，柔柔的防衛著外在世界。但是這兩片唇：一秒鐘前並不存在，此刻，像利刃劃開的一道口子，還滴著甜美的鮮血呢！

她靠過來，肩膀倚過來——我們合而爲一，她體內不知道什麼東西流注到我體內，而我知道就是這樣。我每一束神經、每一根頭髮、每一次心跳都感覺得到，它甜蜜得幾近痛苦。臣服在「就是這樣」之下是多麼快活啊！一塊鐵服從必受磁石吸引的精準法則時必然也感受到同樣的快活。或是一塊石子，向上拋，猶豫了一下子，又一頭往地上栽。或是一個人，經過了最後的痛苦，深深嚥下最後一口氣，然後撒手西歸。

我記得我暈陶陶的笑了笑，沒頭沒腦的說：「霧好……好……」

「你喜歡霧啊？」

她用的是古老的、早已沒有人記得的「你」①這個字——主人對奴隸的用語。我愣了愣才恍然大悟。是的，我是個奴隸，而這稱呼是必須的，是好的。

「對，是好的……」我大聲的自言自語，隨即對她說：「我討厭起霧，我會害怕。」

「這也就是說你愛起霧，你會害怕，是因爲它比你強大；你討厭它，因爲你怕它；你愛它，因爲你不能讓它屈服在你的意志力之下。只有無法屈服的才是値得去愛的。」

對，這是眞話，而也就是因爲這樣——因爲這樣我……

我們舉步，我們兩個——合而爲一。迷霧深處太陽幾乎無聲的唱著，萬物都充滿了堅定的決心，散發著珍珠色、金色、玫瑰色、紅色。整個世界是一個龐大的女人，而我們就在她的子宮內，尚未出生，歡天喜地的漸漸茁壯。而在我看來十分清楚——無法閃躲的清楚——太陽、濃霧、玫瑰、金色都是給我一個人的……

我並沒有問要去哪裡，哪裡都無所謂，唯一要緊的是走路，走路，茁壯，更加堅定的充實自己……

「到了。」I-330在一扇門前停下。「我那天在古屋跟你提到的那人今天値班。」

我站在老遠之外，只用眼睛來保護體內茁壯的東西，我讀著牌子上的字：醫務部。我懂了。

玻璃房間盈滿了金色的霧。玻璃天花板，五彩繽紛的瓶瓶罐罐。電線。試管裡冒著淡藍色的火花。

還有一個男人，單薄瘦小，是我生平僅見。他整個人像是紙張裁出來的，無論轉到哪個方向，都只能看見薄薄的側影，兩邊磨得很鋒利：鼻子像銳利的刀刃，嘴唇像剪刀。

我沒聽見I-330跟他說什麼，我只是看著她說話，感到自己幸福的微笑著，完全不由自主。那兩片剪刀嘴一閃，醫生說：「好，好，我了解。最危險的疾病——我沒聽過比它更危險的……」他笑了起來，兩隻薄得不能再薄的紙片手迅速寫下什麼，把單子交給了I-330，接著又寫了一張，交給了我。

他開給我們診斷書，證明我們生病了，無法上班。我這是從一體國偷竊我應做的服務，我是竊賊，我看見自己躺在造福者的機器下。但這一切的擔憂既遙遠又與我無關，就像是讀著書中的一篇故事……我毫不遲疑就接下了診斷書。我——整個我，我的眼，我的唇，我的手——就是知道必須要這樣。

來到轉角，在幾近全空的車庫中，我們取走了一輛飛車。I-330坐進駕駛座裡，就和第一次一樣，換上了前進檔。我們離開地面，飄浮而去。所有的東西都跟著我們：玫瑰紅摻金黃的霧，太陽，醫生薄如刀鋒的側影，突然都變得親切起來。之前，萬物都繞著太陽轉，現在我知道了——萬物都繞著我轉——緩慢的，幸福的，我緊緊閉著眼睛……

又見到了古屋大門前的老婦人，又見到那張黏合在一起的嘴，皺紋如輻射四散。這些日子來那張嘴必然一直緊閉著，現在卻張開來，露出微笑。「啊，你們這兩個無法無天的傢伙！人人都在工作，你們卻……哎，進去吧，進去吧！有問題的話我會過來警告你們……」

沉甸甸、不透明、吱嘎亂響的門關上了，我的心立刻就開了好痛的一個口子，而且愈開愈大。她的唇是我的了。我一而再再而三掬飲。我抽身退開，默然瞪著她的眼眸，睜得大大的看著我，於是又一次……

半明半暗的房間，藍色、橘黃色、墨綠色的皮革，佛陀的金色微笑，閃閃發光的鏡子。還有——我做過的夢，此時此刻再簡單不過——一切都注滿了黃金粉紅的樹汁，隨時會溢出，隨時會迸射……

成熟了。不可避免的，一如鐵遇上了磁石，甜甜蜜蜜的向精確不變的定律投降，我把自己傾入了她體內。沒有配給券，沒有計算，沒有國家，甚至沒有我自己，唯有既尖利又溫柔的、咬得死緊的牙齒，那睜眼看著我的金色眼眸；而我從那對眸子緩緩進入，愈走愈深，愈走愈深。然後是岑靜。只有在角落裡，千哩之外，水珠滴落在洗手台上，而我是宇宙，兩顆水珠滴落的間隔是好幾個世紀，好幾個千年……

我套上制服，彎下腰，最後一次用我的眼睛掬飲I－330。

「我就知道……我就知道你……」她說，聲音細若飛蚊。

她一骨碌的爬起來，穿上了制服，也換上了她慣有的咬人似的微笑。「好了，墮落天使，你現在也迷失了。你不害怕？那就再見了！你將來會一個人回來。走吧！」

她打開了有鏡子的衣櫃門，扭頭看著我，等候著。我乖乖走出去，但是才剛跨過門檻，突然間我覺得我需要她用肩膀依靠在我身上，只要一秒鐘就好，只用她的肩膀，這樣就夠了。

我往回衝，回到房間，她可能還在鏡前繫鈕釦。我跑進房間，卻猛然止步。我分明看見古老的鑰匙圈還在衣櫃門上搖晃，但是I－330卻不見人影。她不可能已經走了，這裡只有一個出口。然而她就是不見蹤影。我到處都找遍了，甚至打開了衣櫃，摸了顏色鮮亮的古代服裝。不見蹤影……

我覺得多少有點尷尬，我行星上的讀者，跟你們說了這一整樁完全不可能的事情。可是事情的經過就是這樣，我還能怎麼說呢？那一整天，從一大清早開始，不就充滿了不可思議的事嗎？這不就像古人那種做夢的毛病嗎？果眞如此的話，多一分荒唐或少一分荒唐又有什麼差別呢？況且，我很肯定遲早我會把這一切的荒誕不經整理進某個邏輯的公式裡。想到這裡，我就放心了不少，我希望也能讓你們放心。

可是我腦中塞滿了事情！你們知不知道，我腦子裡的事情塞得都快滿出來了！

注釋

① 原文為「Tbl」（你）。俄文原書中的第二人稱都是用「Bbl」（您），中譯因習慣及順口之故，皆譯為「你」。「Tbl」通常用於親人、朋友之間，而「Bbl」則為客氣的敬語。（編注）

札記十四

提綱：「我的」
不可能
冰冷的地板

我今天所寫的還是前天的事。就寢前的私人時間我被別的事情絆住了，昨天沒辦法記錄。可是每件事都刻印在我的腦海裡，而其中最深刻的——可能一輩子也忘不掉的——是那冷到骨子裡的地板……

昨晚O應該來找我——昨天是她的。我下去找當班的號民以取得許可放下百葉窗。

「你是怎麼了？」值班的人問我。「你好像有點……」

「我……人不太舒服……」

事實上，我說的是眞話。我絕對是病了。這一切是一種疾病。而且我想起來了：沒錯！醫生的診斷書……我伸手到口袋裡找——果然有紙張的沙沙聲。那麼那件事眞的發生了，是千眞萬確的……

我把診斷書拿給值班的人。我的雙頰滾燙，我雖然沒有正眼看他，卻看見他抬頭看我，一臉的驚訝。

接著就是二十一點半了。左邊房間的百葉窗已放下了，右邊房間裡我看見我的鄰居在看書——他那像瘤一樣的額頭和光禿禿的腦袋形成一個黃色的拋物線。內心煎熬的我在房間裡來回踱步。發生了那些事之後，現在的我怎麼還能和O在一起？我隱約察覺到右邊的鄰居在看我，我隱約看見他額頭上的皺紋——一排難懂的黃線；而不知爲了什麼緣故，我覺得那些線條跟我有關。

二十一點四十五分，一陣歡喜的玫瑰紅颶風颳入我房間，玫瑰紅手臂像結實的圓圈箍住了我的脖子，但我立刻感到這個圈子愈來愈弱，最後破了，手臂垂了下來。

「你跟以前不一樣，你不是原來的那個你，不是我的你！」

「這是什麼原始的想法？什麼叫『我的』？我從來就不是……」我猛然打住，忽然想到：沒錯！在此之前，我從來不是……可是現在呢？現在我不復置身清楚理性的世界裡，而是置身古人夢魘的世界裡，$\sqrt{-1}$的世界裡。

百葉窗放下了。我右邊的鄰居把書掉到了地上，在百葉窗和地板還剩下最後一條縫時，我看見一隻黃色的手撿起了書本，而我則希望能夠用全身之力去攫住那隻手……

「我以為——我本來希望今天散步的時候會碰見你。我有好多話——有太多話我非跟你說不可……」

甜美又可憐的O！她玫瑰般的紅唇——一彎玫瑰紅的月牙兒，兩邊的尖角垂了下來。可是我怎能跟她說發生了什麼事？我說不出口，就算是為了怕她聽完也會變成我的共犯吧。我知道她不會有勇氣到觀護人公所去，從而……

她躺下來，我緩緩親吻她，我親吻她手腕上天眞圓潤的肉褶。她的藍眸閉著，玫瑰紅月牙緩緩開啓，綻放，我吻遍了她全身。

忽然我覺得好空洞，好枯竭——我已經把自己掏空了。我辦不到，我沒有能力。我必須要——但那是不可能的。我的雙唇在一瞬間變冰冷……

那玫瑰紅半圓輕輕顫抖，凋謝，扭曲。O把毛毯拉過來覆住身體，緊緊包住自己，把臉埋進枕頭裡……

我坐在床邊的地板上——怎麼會有那麼冰冷的地板！我默然坐著。刺骨的寒冷從底下升起，愈飄愈高，行星間那藍色沉默的太空必然就像這麼冰冷。

「請妳了解，我並不想……」我結結巴巴的說。「我已經盡力了……」

我說的是實話。我，那個眞正的我，並不想要，可是我怎能告訴她呢？怎麼解釋鋼鐵並沒有意願，然而法律是不可逃避的，精確無誤的……

O的臉從枕頭上抬了起來，閉著眼睛說：「走開！」可是她在哭，所以聲音有點模糊，聽起來像是「走該」，而我竟然對這種小地方念念不忘。

渾身冰冷、全身麻痺的我走出房間，來到外面的走廊上。外頭，在玻璃之後飄浮著似有若無的輕霧。等到夜幕降臨霧可能又會變濃。這晚又會發生什麼事？

O靜悄悄從我身邊走過，去搭電梯。電梯門關上。

「等等！」我大喊，突然間害怕起來。

但是電梯已響了起來，下降、下降、下降、下降。

她搶了我的R。

她搶了我的O。

可是，可是……

札記十五

提綱：瓦斯鐘

平滑如鏡的海

我注定永遠受煎熬

我剛踏進打造**整體號**的船塢，副建造人就趕來找我。他的臉又圓又白，像是一只磁盤，而他的話就像是什麼珍饈美食，盛放在盤子裡：「哎呀！前天你生病，我們這兒啊，唉，少了頭子，就出了點小亂子了。」

「小亂子？」

「是啊！下班的鈴聲響了，大家都排隊離開，誰知道，門房居然逮到了一個沒有號碼的人。我怎麼也想不通他是怎麼混進來的。他被帶到了手術局，他們會知道怎麼從那傢伙口裡問出究竟來的……」（這番話還帶著最秀色可餐的笑容。）

手術局的成員是我們最優秀、經驗最豐富的醫師，他們直接聽令於造福者。他們有各式各樣的工具，其中的佼佼者是有名的瓦斯鐘，究其根本也就是以前學校的老實驗：把一隻老鼠放到玻璃罐裡，用空氣幫浦慢慢的抽乾罐裡的空氣等等。不過瓦斯鐘當然是更爲完美的儀器，它使用各式各類的瓦斯，所以瓦斯鐘不再只是用來折磨無助的小動物，而是有一個高貴的目標：保護一體國的安全，換句話說，就是維護百萬人的幸福。大約是在五個世紀之前，手術局剛成立，有些笨蛋把手術局比擬爲古代的宗教裁判所，這種類比當然是不倫不類，就像拿攔路打劫的歹徒來比外科醫師做氣管切開術一樣，他們手上或許拿著同樣的一把刀，做著同樣的事——割開一個活人的喉嚨——但一個是救世濟人的，一個卻是罪犯；一個是＋，一個是－。

這一切清清楚楚、明明白白——只須一秒鐘，邏輯的機器只要跳一下就解決了。但是齒輪卡到了負號，截然不同的東西占了優勢——鑰匙圈，仍在門上搖晃。門顯然是才關上，但是I－330已經不見了，無影無蹤了。這一點邏輯機無論如何也消化不了。是夢嗎？可是即使是現在我仍感覺到右肩那奇異又甜蜜的疼痛——I－330曾倚著這邊肩膀，在大霧中挨著我。「你喜歡霧嗎？」喜歡，我最愛起霧……我什麼都愛，而且不管什麼堅實的、新穎的、驚人的，一切都是好的……

「一切都好。」我大聲說出來。

「好？」磁器似的眼睛瞪得圓鼓鼓的。「哪裡好？要是那個沒號碼的人得逞了……

由此可見他們簡直是無孔不入，就在我們的四周，隨時隨地……他們就在這裡，在整體號的附近，他們……」

「他們是什麼人？」

「我怎麼會知道？可是我感覺得到，你了解嗎？無時無刻。」

「你有沒有聽說最近發明出來的手術——想像力切除術？」（我也是幾天前才聽說的。）

「我聽說過，可是那跟這有什麼關係……？」

「如果我是你啊，我就會去要求動手術。」

磁盤臉上隱隱浮現了酸檸檬的模樣，這個老實人覺得大受侮辱，我竟然暗示他可能有想像力……好吧！換作是一個星期以前的我，我也會覺得是奇恥大辱，可是今天的我不會，今天的我知道我的確有想像力，知道我生病了。但我也知道我不想治療，我不想，就是這樣。我們登上了玻璃樓梯，底下的東西一清二楚，就彷彿是攤開在我的手掌心裡。

各位在看這本札記的讀者，無論你們是誰，你們的頭頂上都有一個太陽。要是你們跟我現在一樣曾病得這麼重過，你們就會知道早晨的太陽是什麼樣子——可以是什麼樣子。你們知道粉紅透明溫暖的金黃，就連空氣都微微透著玫瑰紅，萬物都充滿了太陽高雅的鮮血，萬物都活力充沛：石頭生氣勃勃又柔軟；鋼鐵生氣勃勃又柔軟；人們生氣勃勃，每個人都面帶微笑。在一個小時之後，這一切都可能會消失，在一個小時之後，玫瑰紅鮮血可能會涓滴流出，但在這一刻，每一樣東西都活著。我還看見有東西在搏動，在**整體號**的玻璃血管中流動。我看見了——**整體號**在思索它偉大嚴肅的未來，它將要載去給你們，不知名的人，尋尋覓覓不停卻永遠找不到答案的人，載去給你們不可迴避的幸福。你們將會發現你們尋覓的東西，你們將會幸福——幸福快樂是你們的責任，而你們不需要等太久了。

整體號的船身已大致完全：用我們的玻璃——如黃金般永恆，如鋼鐵般堅韌——建造的加長形橢圓球體，優雅美觀。我看見內部有人在焊接橫向的彎梁和縱向的舷緣板，船尾有人在裝設火箭內燃機的底座。每隔三秒鐘就會噴一次，每隔三秒鐘**整體號**巨大的尾巴就會向宇宙空間噴出火焰和瓦斯，而傳播幸福的強勁帖木兒①將高飛遠走……

我看著底下的人以規律迅速的節奏行動，依照泰勒的系統，時而彎腰，時而挺直，像一架大機器的槓桿般運作著。管子在他們手中閃閃發光，他們用火切割及焊接玻璃的牆面、角皮、彎梁、角撐架。我看見透明玻璃怪獸起重機緩緩沿著玻璃軌道上滑行，轉動彎低，就和工人一樣的服從，把一斗斗的東西送入**整體號**。一切動作合而爲一：人性化的機器，完美的人類，這是最高境界、最讓人激動的美、和諧、音樂……快點！下面的人！加入他們，跟上他們！

現在，肩併著肩，和他們一起熔接，捲入鋼鐵的節奏中……整齊劃一的動作，豐滿紅潤的臉頰，平滑如鏡的額頭，不受思想的瘋狂所侵擾。我漂浮在平滑如鏡的海洋上，我得到了休息。

冷不防有一個人轉過來，淡淡的問：「今天好多了嗎？」

「好多了？什麼好多了？」

「你昨天不是請假嗎？我們還以爲挺嚴重的呢……」他的額頭發亮，臉上掛著孩子般天真的笑容。

我猛的紅了臉。我沒辦法，沒辦法對這麼一雙眼睛說謊。我默默不語，漸漸滅頂……

那張又白又圓的磁器臉從上頭艙口探了下來。「嘿！D-503，麻煩上來一下，這兒的角撐架有個框的硬度有問題，而且壓力……」

我沒聽完下半段就衝了上去，我這是落荒而逃，可恥可憐。我不敢抬起眼睛，閃耀的玻璃階梯在我腳下一級級閃過，每一步都讓我的無助感增加：我在這裡沒有容身之處，我是罪犯，是中了毒的人。我再也不能融入規律的、精準的、機械的節奏中，再也不能漂浮在鏡面般波紋不生的海洋上。我注定會永遠受煎熬，顛沛流離，尋尋覓覓一個能夠隱藏我這雙眼的角落——不停的尋找，直到最後我找到力量進入那扇門，並且……她就也會……

突然一簇冰冷的火焰燒穿了我：我——啊！我倒無所謂，可是我也得要舉報她，而我爬出了艙口，停在甲板上，不知道該朝哪個方向轉，不知道我爲什麼會上來。我抬頭看，日正當中的太陽已露出疲態，懶懶的掛在天空。我下方是**整體號**，灰濛濛的玻璃，一點生氣也沒有。玫瑰紅鮮血已滴盡了，很顯然那一切只是我的想像，樣樣東西都和以前一樣，然而同樣明顯的是……

「你是怎麼了，D－503，你聾了嗎？我叫了又叫……你是怎麼回事啊？」副建造人衝著我的耳朵大喊，他一定喊了有一會兒了。

我是怎麼回事？我失去了方向舵。內燃機啓動，飛行器顫抖，以最高速衝出，卻少了方向舵，沒有控制板，而且我不知道我是朝哪兒飛：往下吧，不出一刻就會撞上地面；往上吧，那就會撞進太陽，飛進火焰……

注釋

① 帖木兒（1336-1405）為蒙古戰士，曾征服自窩瓦河至波斯灣之地區，並建立從中亞到西亞的帖木兒汗國。

札記十六

提綱：黃色

二度空間的影子

無可救藥的靈魂

我有好幾天沒動筆了，我也忘了有多少天，反正那些日子都成了一天，那些日子都只有一個顏色——黃色，像是乾透的灼熱的沙，而且連一絲陰影、一滴水也沒有……有的只是連綿不絕的黃沙。我不能沒有她，但是自從她在古屋那天神不知鬼不覺的消失後，她……

那天之後我只見過她一次，是在每日的散步時間裡。是兩天、三天、四天前吧——我不確定，反正那些日子都是一天。她一掠而過，把黃色空虛的世界塡滿了一秒鐘。而與她走在一起，只有她肩膀高的是那個彎彎曲曲的S跟那個紙片人醫師。還有第四個人

——我只記得他的手指，他的手指彷彿是射出制服袖子的一叢光線，不可思議的又薄又白又長。I－330舉手向我揮舞。她越過鄰人的頭頂，朝那個手指像光線的人探身。我聽見了整體號三個字，他們四個全都回頭看我，隨後就消失在灰藍色的天空裡，而馬路再一次又變成了乾焦的黃沙。

那天晚上，她有張來我這兒的粉紅配給券。我站在顯示器前，帶著柔情，帶著恨意，懇求它快點顯示出I－330這個號碼。但是門一扇扇關上，電梯裡走出來的人有的蒼白，有的個子高，有的黝黑，四面八方的百葉窗都放了下來，卻依然不見伊人蹤影。她沒有來。

而很可能，就在這一刻，二十二點整，在我寫下這段話的時候，她閉著眼睛，肩膀倚著某人，對他說：「你愛我嗎？」對誰說？他是誰？手指像光束一樣的人，還是厚嘴巴又愛亂噴口水的R？還是S？

S……最近我為什麼總是聽見他扁平的腳步聲，彷彿從小水塘裡涉水而過？最近他為什麼像影子一樣跟著我？在我面前，在我旁邊，在我後面——像一條灰藍色，二度空間的影子。其他人會筆直的穿過去，踩在上面，可是它卻總是在那裡，像是用什麼隱形臍帶跟我綁在一起。會不會這條臍帶就是她——I－330？我不知道。會不會觀護人已經知道了我……

假如有人告訴你，你的影子看得見你，隨時隨地看得見你。你明白我的意思嗎？突然間你有了最怪異的感覺：你的手不聽使喚，反倒干擾你。我發現自己時常很可笑的揮動手臂，跟我的腳步完全不合拍。有時我又突然覺得必須要回頭看，可是無論我多麼努力，就是沒辦法回頭，我的頸子僵硬了，鎖死了。於是我拔腿就跑，愈跑愈快，用背部去感覺——我的影子也在後面愈跑愈快，而我無路可逃，無路可逃……

我終於獨自一人在房裡了。但連房裡也有東西——電話。我拿起聽筒。「對，I-330，麻煩了。」我又一次從聽筒中聽見了窸窣聲，好像有人在走廊上走路，經過了她的房間，然後就沒有聲音了……我丟下聽筒——我沒辦法，我沒辦法再忍受了，我必須要跑去，跑去找她。

這件事發生在昨天。我趕到那兒，閒晃了一個小時，從十六點到十七點，就在她住的房子附近。號民從我身邊走過，一排接著一排。上千隻腳有節奏的踏著步子，一隻長了百萬隻腳的怪獸飄浮過來，搖搖擺擺。只有我是一個人，被一陣風暴給捲到了荒島上，苦苦尋覓，用我的眼睛在灰藍的波浪中苦苦尋覓。

再過一會兒，只要再過一會兒，我就能看見那兩條眉毛挑上太陽穴，形成譏誚的角度，那雙暗色窗戶似的眼睛，而在那雙眼裡，有著燃燒的壁爐，不停跳動的陰影。而我會直接跨進去，我會說：「妳知道我不能沒有妳，那爲什麼……」我會用溫暖的、熟悉的「妳」——只用「妳」。

但她默然不語。驀然間，我聽見了沉默，我沒聽見樂坊播放音樂，這才恍然大悟已經超過十七點了，人人都走光了，只剩下我一個人，我遲到了。我的四周是一片玻璃沙漠，漫著黃色的陽光。平滑的玻璃道路彷彿水面，我看見閃耀的玻璃牆倒映在上面，還有我自己，頭下腳上，嘲弄似的倒吊著。

我得趕快，這一秒就動身，我得趕到醫務部去弄一份病假單，否則他們會把我帶走……但說不定這樣反倒好？就站在這裡，平靜的等著他們看見我，把我帶到手術局——做個了斷，立刻爲所有的過錯贖罪。

一陣隱約的窸窣聲，一條上下彎曲的影子出現在我面前。看也不看，我就感到那支灰色的鋼鑽鑽入了我身體。我做了最後的掙扎，擠出微笑說話——我非得說點什麼不可——「我……我得去一趟醫務部。」

「那你爲什麼不去呢？你爲什麼站在這裡？」

我很可笑的頭下腳上倒懸著，無言以對，因爲羞恥而發燙。

「跟我來。」S不客氣的說。

我乖乖聽令，擺動著那條不需要、不像是屬於我的手臂。我壓根不可能抬起眼皮，我就這麼一路穿過一個頭下腳上的瘋狂世界：一些奇怪的機器，底座在上；人莫名其妙的黏著天花板；而更下方，在所有東西的下面，天空卻鎖進了路面的厚玻璃裡。我記得當時我最氣的就是這一點，我的生命已到了盡頭了，我看見的東西卻是在這麼一個上下顛倒、毫不實在的荒謬狀態下。可是我就是沒辦法抬起眼皮不看。

我們停了下來。我面前有一道階梯，再踏一步我就會看見那些穿著白色醫師袍的人，那只巨大無聲的鐘……

我費了極大的力氣才把視線從腳下的玻璃扯開，卻赫然看見金燦燦的「醫務部」幾個字。那一刻我甚至沒想到應該去思索他爲什麼會饒過我，爲什麼會帶我來這裡而不是手術局。我只是跨上階梯，堅定的關上門，做了個深呼吸。我覺得從早晨開始我就沒有吸過氣，我的心臟就沒有跳動過——直到現在我才吸了第一口氣，直到現在我胸口的水閘才打開了……

醫務部裡有兩個人：一個矮，兩腿粗壯如水桶，用眼睛打量病人，彷彿要用頭上的兩隻犄角把病人牴起來；另一個像紙片一樣薄，嘴唇像發亮的剪刀，鼻子是最鋒銳的刀刃……同樣的那一個。

我衝向他，好像是衝向什麼至親的人，喃喃說著什麼失眠、做夢、影子、黃色的世界等等。那張剪刀嘴綻開微笑。

「你的情況很糟糕！你顯然是有了靈魂了。」

靈魂？這是個早已被遺忘的古代詞彙，我們有時是會用一些「擾亂靈魂」、「沒有靈魂」等等說法，可是「靈魂」……？

「那會……那會很危險嗎？」我囁嚅著問。

「無藥可救。」剪刀刷的一聲打開。

「可是……這到底是什麼意思？我有點不太……不太了解。」

「啊！是這樣的……唉，我要怎麼解釋呢？……你是數學家吧？」

「對。」

「這樣的話——就拿一個平面，一個表面——這面鏡子來說好了。鏡面上有你跟我，是不是？我們瞇眼看太陽。這裡，管子裡有藍色的電光，那裡，有飛車掠過的影子。這一切都只在表面上，只是暫時的。但是想像一下，這個不透性的常質被火給熔軟了，再也沒有東西能夠從它的表面上滑過了，每樣東西都會進入到它內部，進入這個鏡子的世界，我們小時候充滿好奇的去檢查的世界。其實小孩子並沒有那麼愚笨，我跟你說。平面有了容量，變成了一個身體、一個世界，現在什麼東西都進了鏡子裡面——進了你的裡面：太陽、推進器的爆風、你顫抖的嘴唇、別人顫抖的嘴唇。你了解嗎？冰冷的鏡子會倒映，會反射，可是這一個卻會吸收，而且不管什麼都會留下痕跡——揮之不去。一分鐘也好，某人臉上的一條皺紋也好，都會永遠留在你的心裡。一旦你聽過寂靜中落下一滴水珠的聲音，你現在也會聽到……」

「對，對，一點也沒錯……」我抓住他的手。我現在就聽得見——水滴緩緩從洗手台的水龍頭裡往下落。而且我知道，這會跟著我一輩子。「可是爲什麼，爲什麼我會突然有了靈魂呢？我從來都沒有過啊！可是突然間……爲什麼……別人都沒有，偏偏是我……？」

我更用力抓緊那隻瘦如紙片的手，我怕極了會失去這條生命線。

「為什麼？為什麼你沒有羽毛，沒生翅膀——卻只有肩胛骨，翅膀的底部？因為翅膀沒有需要了，我們有了飛車，翅膀反而礙事。翅膀是用來飛的，而我們沒有地方可以飛：我們已經到了，我們找到了一直在尋找的東西，不是這樣嗎？」

我點頭，卻是迷惑不解。他看著我，發出手術刀般鋒利的笑。另一名醫師也聽見了，邁著粗壯如水桶的腿從他的辦公室啪噠啪噠走過來，用他獸角似的眼睛牴住了紙片醫師，牴住了我。

「怎麼回事啊？靈魂？你說是靈魂？要命了！要是照這麼下去，我們很快就要回到有霍亂的年代了。我告訴你，」（用犄角把那個紙片醫師給挑了起來）「我告訴你，我們一定得把想像力斬斷才行。每一個人都是……把想像力根除，除了開刀，除了開刀之外沒有別的法子……」

他在鼻樑上架了一副X光眼鏡，繞著我轉了好久的圈子，透視著我的骨頭，檢查我的腦部，在他的書上寫下幾句。

「怪了，真是怪了！聽著，你同不同意……用酒精保存起來？對一體國會是極大的貢獻……可以協助我們預防傳染病……當然啦，除非你有特殊的理由……」

「你知道，」紙片醫師說，「D-503是**整體號**的建造人，我相信那會妨礙……」

「嗯，嗯。」另一名醫師哼了哼，又啪噠啪噠走回了他的辦公室。

只剩下我們兩個人。紙片手輕輕的、溫柔的覆住了我的手，那張剪影臉靠過來，低聲說：「我私底下跟你說——你並不是唯一的一個。我的同事提到傳染病並不是危言聳聽。盡量記住——你難道沒在別人身上注意到類似的，非常類似的情況嗎？」他密切的盯著我。他這是什麼意思？他這是在說誰？難道是……？

「聽著。」我從椅子上跳了起來。

但是他已經大聲說著其他的事了。「至於你會失眠、會做夢，我只有一個建議——多走路。從明天早晨開始，出去散個步……這樣吧！就走到古屋好了。」

他又一次用眼睛刺穿我，露出他最單薄的笑容。而我似乎覺得，在那抹像是吹彈可破的紙張笑容中清楚包裹著一個字，一個字母，一個名字，唯一的名字……還是說這又是我的想像力作祟？

我坐立不安，好不容易才等他寫完今天和明天的病假單，我默默按了他的手一下，跑了出去。

我的心像飛車一樣又輕又快，把我捲上了天空。我知道——明天有歡樂在等著我。會是什麼呢？

札記十七

提綱：隔著玻璃
　　　我死了
　　　走廊

我徹徹底底的糊塗了。昨天，就在我認爲每一團亂麻都已經解開了，每個X都求出了答案的那一刻，新的未知數又出現在我的方程式裡。

這整件事的座標起點當然就是古屋。最近構成我整個世界的基礎的所有XYZ，它們的軸線中心就是古屋。我沿著X軸（五十九街）走向座標的起點，昨天發生的事有如旋風在我心裡直打轉：上下顛倒的房子和人，陌生得讓人痛苦的雙手，發光的剪刀，洗手台清晰無比的滴水聲——這一切都發生過，都發生了一次。而這一切，撕扯著我的肉身，瘋狂的在我體內旋轉，在那被火熔軟的表面下，亦即「靈魂」所在之處。

爲了要執行醫師的處方，我刻意選擇沿著成直角的兩條線散步，而不是沿著直角三角形的斜邊走。我已經走上了第二條線，也就是綠牆牆腳的那條路。綠牆外那綿延無盡的綠海中升起了一波樹根、花朵、樹枝、樹葉合成的野放海浪，它向後撤，但是一會兒之後，它會再捲過來，沖碎我，淹沒我，而我不再是一個人——最精緻、最準確的工具——我會變成……

幸好，還有玻璃綠牆擋在我和那片荒野的綠海之間。啊！能想出高牆壁壘，這是多偉大、多神聖的智慧啊！這可能是人類最偉大的發明了。人類唯有在建造了第一道圍牆之後才不再是野蠻的動物；人類唯有在我們建造了綠牆，把我們完美的機械世界和有樹木鳥獸的不理性世界隔離開來之後才不再是矇瞶的野蠻人。

隔著玻璃有某種愚鈍的動物呆滯的、朦朦朧朧的瞪著我；黃色的眼睛，不停的重複著一個單一的、不可解的想法。我們倆彼此互瞪了好一會兒——那兩雙眼睛就是從表面世界進入到別一個世界，地下世界的豎井。而我心中浮現了一個問題：這個黃眼生物雖然活在雜亂骯髒的樹葉堆中，過著沒有計算的一生，但他會不會比我們過得更快活？

我舉起手，黃眼睛眨了眨，向後退，消失在綠叢中。多麼微不足道的生物啊！他怎麼可能比我們過的快活嘛！眞是胡思亂想。比我快活倒可能是眞的，可是我是例外，我病了。

可是即使是我……不知不覺間古屋暗紅色的牆已出現在我眼簾，當然少不了老婦人那張向內生長的嘴。

我衝向她。「她在這裡嗎？」

那張向內皺縮的嘴緩緩張開。「哪個她啊？」

「哦！那個，那個……當然是I-330啊……那天我們一起來過，搭飛車來的……」

「喔，是了……是了……」

嘴唇四周的皺紋像光束一樣，黃眼睛也散發出狡黠的光芒，想要看穿我的心裡，愈挖愈深，最後她說：「欸……她是在這兒，她來了有一會兒了。」

她在這裡。我看到老婦人的腳下長了一叢銀色苦艾（古屋的庭院是博物館的一部分，刻意按照史前的狀態保留了下來）。一枝苦艾伸展到老婦人手邊，她輕輕撫摸；一道黃色陽光射在她的大腿上。就在一瞬間，我、太陽、老婦人、苦艾、黃眼睛都合而爲一，被看不見的血管給緊緊連結，一起搏動，流著同樣激昂、光榮的血液……

記下這些讓我覺得有點不好意思，可是我說過要在這本札記中完全坦白。好，再接著說：我彎腰吻了那張向內皺縮、柔軟老邁的嘴。老婦人用手抹嘴，笑了起來。

我跑過熟悉的、陰暗的、有回音的每個房間——也不知爲什麼竟直奔臥室。一直跑到了門口，已經抓住了門把，我才想起了一件事：萬一她不是一個人怎麼辦？我猝然止步，側耳細聽，但是只聽見我自己的心跳聲——不在胸腔裡，而是在我的附近。

我進了房間。那張大床——平平整整，沒人睡過。那面鏡子。衣櫥門上也有一面鏡子，鑰匙孔裡插著那把有著骨董鑰匙圈的鑰匙。但是房裡一個人也沒有。

我悄悄的喊：「I－330！妳在這裡嗎？」接著，我閉著眼睛，幾乎不敢呼吸，好像已經跪在她面前似的，我壓低聲音又喊：「親愛的！」

寂靜。只有水龍頭的水滴滴答答落進洗手台。我說不上來是爲什麼，但是在那一刻，滴水聲讓我很是心煩。我把水龍頭拴緊，走了出去。很顯然她不在這裡，也就是說她在某一間「公寓套房」裡。

我奔下寬敞陰暗的樓梯，去開一扇又一扇的門，卻全鎖住了。除了「我們的」公寓之外，每一間都上鎖了，但是我們的公寓又是空的……

話雖如此，我還是掉頭回去，連我自己也不知道爲了什麼。我走得很慢，舉步維艱；我的鞋子突然變成了鐵鑄的。我清楚的記得當時我在想我們總當地心引力是恆常不變的，其實錯了，因此之故，我那些公式……

想著想著，突然樓下一扇門砰的一聲響，腳步聲匆匆越過地磚。我——再一次變得輕盈，比輕盈還要輕盈——衝向樓梯扶手，彎下腰，正準備要用一句話、一聲喊，道盡一切：「妳」……

但我突然啞掉了：樓下方格窗框的陰影中，只見S的腦袋，搧著粉紅色招風耳，一閃而過。

電光石火的一剎那，沒有原因（我到現在還想不通是什麼原因），我斷定：不能讓他看見我，絕不能讓他看見我！

我踮著腳尖，緊緊貼著牆壁，偷偷摸摸溜上樓，朝沒有上鎖的公寓而去。才到了門口，就聽見他的腳步聲重重落在樓梯上，他也上來了。門可千萬別出聲啊……我懇求著房門，但它是木頭的，終究還是發出吱嘎一聲。我的眼前一陣風似的掠過了綠、紅、黃色的佛陀；我衝到了有鏡子的衣櫥門前：鏡中的臉色蒼白，眼神警戒，嘴唇……我的血液翻騰，我聽見了木門又吱嘎叫……是他，是他……

我抓住了鑰匙，鑰匙圈搖來晃去。一段記憶掠過──又是靈光一閃，赤裸裸的，沒有理由的想法：「那一次I－330……」我迅速打開了衣櫥門，鑽了進去，緊緊閉上了門，陷入一片漆黑。再一步，我腳下的地板晃動了起來。我緩緩的、輕輕的往哪裡飄了下去，我眼前一片黑，我死了。

後來等我坐下來記錄下這件奇怪的事件後，我搜尋記憶，也查了一些書。現在我當然明白是怎麼回事了：那是一種短暫死亡的狀態，古人對此很熟悉，可是就我所知，那是我們毫無概念的狀況。

我不清楚我死去了多久，可能不超過五到十秒，但是我過了一會兒才甦醒過來，睜開眼睛。可是除了一片漆黑之外什麼也看不到，而且我覺得我不斷的在下沉……我伸出手，想抓住什麼──卻被快速移動的粗糙牆面給刮傷，一隻手指流了血──這當然不是我病了的想像力在作祟。那麼會是什麼？

我聽見我斷斷續續、巍巍顫顫的呼吸（要我承認我覺得很丟臉，可是這一切太出乎我的意料之外，也太無法理解了）。一分鐘，兩分鐘，三分鐘。下沉，下沉。最後，輕輕的一聲砰，我腳下一直往下墜落的東西停止了。我摸黑找到了一個把手，用力一推，打開了一扇門，幽暗的線射出來。我看見身後有個小小方形平台快速上升，我衝過去，卻晚了一步。我被困在這裡了，可是這裡究竟是哪裡我卻不知道。

一條長廊。寂靜像是有千噸重。拱形天花板上有一排燈——像是一排沒有盡頭、閃閃爍爍、顫抖不停的小點。這地方有點像是我們地底下的地鐵坑道，卻窄得多，建材也不是我們的玻璃而是古代的建材。我心裡竄過一個想法——這是兩百年戰爭時我們的祖先躲避戰火的地下掩體……管他的，我還是得走下去。

我一定是走了有二十分鐘了，忽然右轉。這裡的走廊比較寬，燈光也比較亮，隱隱約約還有嗡嗡聲，可能是機器，也可能是說話聲，我分辨不出來。可是我附近有一扇不透明又厚重的門，聲音就是從門後傳出來的。

我敲了一下，又敲一次，這次比較大聲。嗡嗡聲停了，不知什麼金屬碰撞了一下，門沉重的、緩緩的打開來。

我不知道是誰比較吃驚：站在我面前的竟然是那位刀鋒般銳利的紙片人醫師。

「是你？到了這兒？」說完他的剪刀嘴猛然閉上。而我——我幾乎連話都不會說了——我默默瞪著他，聽不懂他在說什麼。他必定是叫我離開，因爲他用紙張一樣薄的身體把我推到了走廊比較光亮的地區，把我轉了一個圈，在背上推了一把。

「可是……抱歉……我想要……我以爲I－330……可是我後面……」

「在這兒等著。」醫師厲聲說，隨即消失。

眞不容易啊！她總算就在我附近了，在這裡——而「這裡」究竟是哪裡又有什麼要緊呢？那熟悉的、杏黃色的絲衫，那咬人似的笑，那罩了層紗的眼眸……我的唇、我的手、我的膝都在顫抖，而在我的腦海中竟出現了最愚蠢的念頭：顫動會產生聲波，顫抖必然會發出聲響，那又爲什麼聽不見呢？

她的眼睛朝我睜開，一覽無遺；我走了進去……

「我再也受不了了！妳到哪兒去了？爲什麼？」我話說得很快，前言不對後語，彷彿是在囈語，同時眼睛緊緊盯著她不放。但也可能是我自己的想像。「有個影子老跟著我……我死了……在衣櫥裡……因爲妳的……那個……他講話像剪刀……我有了靈魂……無藥可救……」

「一個無藥可救的靈魂！我可憐的人啊！」I－330笑了起來，灑了我一身的笑聲，我的囈語結束了，雨點似的笑聲擴散開來，四周發光發亮，一切東西、一切東西都變美了。

醫師又一次在轉角出現——那位神奇的、了不起的、薄如紙片的醫師。

「怎樣？」他停在她身邊。

「沒事，沒事！我等會兒再跟你說。只是一點意外……跟他們說我……唔，十五分鐘後回來……」

醫師又消失在轉角後。她等待著。門關上了，傳來悶悶的一聲砰。接著I-330用她一邊肩膀、手臂，她整個人慢慢的、慢慢的貼上我，往我的心臟插進了一根又尖又甜的針，愈插愈深，我們一起邁步，就我們兩個——合而爲一……

我不記得我們是在哪裡又沒入了黑暗，我們摸黑走上了樓梯，綿延不絕的樓梯，兩人默默無語。我什麼也看不見，但是我知道她跟我一樣，閉著眼睛，盲目的走，她仰著頭，牙齒咬著嘴唇——聽著音樂，聽著我幾乎無法察覺的顫抖。

我在古屋庭院中數不清的一個角落回過神來。這兒有一道圍牆，斷垣殘壁就像光禿禿的架子和黃黃的牙齒。她睜開眼，說：「後天十六點。」說完她就離開了。

這一切當眞發生過嗎？我不知道。後天就會揭曉。只有一道眞正的痕跡——我右手上刮傷的皮膚，就在指尖上。但是副建造人又信誓旦旦的說他看見我不小心摸了打光輪，所以指頭上才刮破了皮。哎，也許是這個原因吧，也許是。我不知道——我什麼也不知道。

札記十八

提綱：邏輯叢林
　　　傷口及藥膏
　　　再也不會

昨天我一上床就沉入最深沉的睡眠，彷彿一艘翻覆的、超重的船。周圍是一片沉甸甸的、濃密的綠水，搖擺不定。接著我緩緩從底部升起，升到一半的時候，我睜開了眼睛：我在自己的房間，時間是早晨，仍是綠油油的，凝結的。一抹陽光斜照在衣櫥的鏡子上，陽光閃進了我的眼，讓我無法睡滿作息表上規定的睡眠時數。最好是把衣櫥門打開，但我整個人像是捲進了蜘蛛網，連眼睛都被纏住了，我沒有力氣起來……

但我還是起床了，而且打開了衣櫥門——誰知鏡子門後竟然是I-330，忙著寬衣解帶，全身玫瑰紅。我這時候已經習慣了不可思議的事情，所以我記得我一點也不驚訝，什麼問題也沒問。我只是立刻踏入衣櫥，喘息著，盲目而貪婪的與她結合。我現在倒是看清了：從黑暗中的一條縫，一道陽光如閃電般在地板上、在衣櫃牆上炸開來，愈跑愈高——現在這道殘酷的發亮刀刃落在I-330伸長的光裸頸子上——這實在是太可怕了，我受不了，我大喊出來，又睜開了眼睛。

我的房間。早晨，仍是綠油油的、凝結的。一抹陽光斜照在衣櫥的鏡子上。我自己——在床上。是場夢。但我的心卻怦怦亂撞，不斷輕顫，噴發出痛苦；我的手指痛，膝蓋也痛。毫無疑問這一切都發生過，而我再也分辨不出何者是夢何者是現實了。無理數衝破了一切牢固的、熟悉的、三度空間的事物，而我周圍不再是穩固的、磨光的平面，反而是多節多瘤的、毛茸茸的……

距離鐘聲響還有很久，我躺在床上思索，想解開這一連串奇怪的邏輯問題。表面世界的每個方程式，每個公式都有與之對應的曲線或實體。但是對無理數公式，像是我的$\sqrt{-1}$，我們卻不知道有什麼對應的實體，我們從來沒見過……但它恐怖的地方就在於這些隱形的實體眞的存在，必定存在，絕對是必定存在的：而且還是一個完整遼闊的世界，就在表面之外……

我沒等鐘響就跳下了床，在房裡來來回回踱著方步。我的數學——截至目前爲止是我迷失了方向的世界裡唯一一座穩固不變的島嶼——也漂離了停泊處，不停的漂泊打轉。難道說這個不合常理的「靈魂」，雖然我目前看不見，卻是跟我放在有鏡衣櫥後面的制服靴子一樣的眞實嗎？既然我的靴子不是疾病，那「靈魂」爲什麼是疾病？

我苦苦思索，卻沒辦法在這片蠻荒的邏輯叢林裡殺出一條路來。這片叢林就和綠牆外的那片一樣詭異難料，潛伏著怪誕的、不可理解的、不用語言交談的生物。我彷彿是透過厚玻璃看某個巨大得超出極限，同時卻又細小得超出極限的東西，像是隻蠍子，長了一根隱藏起來但不斷在感應的尾刺——$\sqrt{-1}$……不過我看見的也可能是自己的「靈魂」，就像是古代傳說中的蠍子一樣，不計一切，心甘情願螫刺自己……

鐘響了，一天開始了。這一切，並沒有死亡，並沒有消失，只是被白晝的光線給掩蓋了，就如看得見的物體，並沒有死亡，只是被夜的黑暗給掩蓋了。我的腦海裡瀰漫著一陣模糊輕顫的迷霧，透過迷霧我看見了一張張玻璃長桌，半球形的頭顱整齊劃一的、默默的細嚼慢嚥。從迷霧的遠處我聽見了節拍器滴答響，我和眾人一樣機械式的默數到五十：每一口都必須咀嚼五十下。接著我又機械式的跟著滴答聲下樓，在登記簿上寫下我的號碼——也是和眾人一樣。但是我覺得我和其他人是分開的，我是孤獨一個人，有道柔軟的牆擋住了外在的聲響，而在這道牆後——我的世界……

可是話說回來，如果這個世界是我一個人的，那麼何必寫進這些札記裡來？何必記錄下這些荒唐的「夢」、衣櫃、無止盡的長廊？我很傷心的看見我的創作並不是讚頌一體國的一首和諧嚴謹的數學詩，而是某種奇幻的歷險小說。哎！眞希望這眞的只是一本小說，而不是我目前的人生，充滿了X、$\sqrt{-1}$，和瓦解的人生。

不過也許這樣反而最好。我不知名的讀者，你們跟我們相比幾乎可以算是兒童，因爲我們被一體國撫養長大，已經攀上了人類的巔峰。而你們，就像兒童一樣，無論我給你們什麼苦口的東西你們都會乖乖吞下肚，因爲我在外面裹了一層最濃稠的冒險糖漿。

晚上

你們熟不熟悉這樣的感覺？搭飛車加速朝藍藍的天空盤升，開著車窗，任狂風從你的臉上呼嘯而過。地球不見了，你忘了地球，它就像土星、木星、金星一樣遙遠。這就是我現在的寫照。一陣暴風撲向我的臉，而我忘了地球。我忘了嬌美粉紅的O。但是地球仍是存在著，早晚還是得回到地球，而在我性交時間表上出現O-90的那天，我只是閉上眼睛不管。

今天晚上遙遠的地球提醒了我它確實是存在著。

我聽從醫囑（我是眞心的，眞心誠意想要復元），沿著我們精確筆直而空曠的玻璃馬路晃了兩個小時。其他的人都在演講廳裡，乖乖按照作息表的規定，只有我一個人……這一幕基本上就非常的不自然：試想看看，一隻手指頭從手上割掉，從整體割掉，一根分離的手指在玻璃人行道上跑來跑去，又彎腰又曲膝的。我就是那根手指。而最怪異、最不自然的事是這根手指絲毫沒有意願要黏回手掌上，和大家在一起。我只想做兩件事，不是繼續這樣自己一個人，就是——哎！還有什麼好支支吾吾的呢——就是跟她在一起，跟I－330一起，再一次透過肩膀，透過十指緊扣的手把我整個人都傾注給她……

夕陽西下了我才回家。傍晚的玫瑰紅餘光照耀著玻璃牆，照耀著蓄電塔的金色塔尖，照耀著我遇見的每個號民的笑語。多奇怪啊！夕陽餘暉的角度和晨曦的角度分毫不差，然而所有的東西卻都不一樣了。連粉紅的霞光都不一樣：現在是寧靜的，微微帶著一點點的苦澀，而到了早晨卻又會變成熱辣辣的，喧嘩而熱鬧。

樓下大廳的管理員U從灑遍玫瑰紅光芒的一疊信封中拿了一封信，交給了我。我在此重申：她是一位絕對高尚的女士，而且我很肯定她對我是友好的。可是每次我看見她那魚鰓一樣下垂的臉頰，我就忍不住直咬牙。

U用那隻凹凸不平的手把信遞給我，嘆了口氣。但她這聲嘆息只是微微吹動了隔離我和世界的簾幕：我整個人都注意著在我手掌心顫抖的那封信——裡頭無疑裝著I－330的來信。

又一聲嘆息，這次彷彿還在下面加了兩條重點線，特意強調。這一聲讓我暫時放下了信封，我抬頭看：只見在那兩片魚鰓和半垂的靦腆眼瞼之間露出了一抹憐憫的、掩藏的、黏黏的笑容。接著是「我可憐可憐的朋友」，加一聲嘆息，下面劃了三條重點線，同時朝信封很輕的點了個頭，輕得幾乎看不見。基於職責，她當然是對信的內容瞭若指掌了。

「不，眞的，我……可是爲什麼？」

「不，不，我親愛的，我比你自己還要了解你。我觀察你很久了，我看得出來你需要某個人和你手攜手走完一生，這個人必須要是個閱世很深的人……」

我全身貼滿了她那種黏乎乎的笑，彷彿在我全身塗滿了膏藥，爲的是要蓋住我手中顫抖的信即將撕開的傷口。最後從她那片靦腆的眼瞼下響起了近乎呢喃的話：「我會仔細想想，我親愛的，我會仔細想想。放心吧！要是我覺得自己夠堅強了……不，我得先仔細想想……」

偉大的造福者！難不成我是要……她的意思難道是……

我的眼前一片昏花，上千個正弦曲線，那封信在我的手上跳動。我走向牆壁，靠光線近一點。陽光愈來愈弱，那慘澹陰暗的深紅餘輝飄落，愈積愈厚，落在我身上，地板上，我的手上，那封信上。

我撕開信封，迅速的瞥了一眼——那簽名，那傷口：不是I-330，是……O。還有另一個傷口：信紙的右下角有一點水漬——是水滴落下造成的……我討厭污點，不管是什麼原因造成的，墨水或是別的東西都一樣。我知道以前我一定會感到很討厭，我的眼睛會因爲那討厭的污點而不舒服。但是又爲什麼這一個灰色的小點會像烏雲一樣，把一切變得愈來愈陰暗，愈來愈沉重？難道說這又是我的「靈魂」作祟？

那封信

你知道……也可能你並不知道……我沒辦法說得很貼切，反正也無所謂了：現在你已經知道，少了你，我就好像沒有了白晝，沒有了清晨，沒有了春天。因爲R在我眼裡只是……算了，你不會有興趣知道的。無論如何，我都很感激他。少了他，我自己一個人，這些日子，我不知道我怎麼能……這些個白天黑夜，我像是過了十年，二十年。我的房間彷彿不再是長方形，而是圓形的，找不到起點，也找不到盡頭——只是不停的繞，四面八方都一樣，到處都沒有出口。

我不能沒有你——因爲我愛你。因爲我了解，我明白：今天你誰也不需要，除了她之外你誰也不需要，而……你知道，就因爲我愛你，我必須……

我需要兩三天的時間來把我自己的碎片拼湊起來，多少恢復到以前的O-90，然後我會親自去告訴他們我撤回對你的登記。你一定會鬆了口氣，你一定會快樂。我再也不會來了……別了。

O

再也不會來了。是的，這樣比較好，她說得對。可是爲什麼，又爲什麼……

札記十九

提綱：三次無限小
　　蹙額的一瞥
　　翻過欄杆

在那條有著一排閃爍幽暗燈光的詭異走廊裡……錯了，錯了，不是那裡，是再晚一點，我們已經在古屋庭院某個隱蔽的角落裡……她說：「後天。」也就是今天，而不管什麼都像是長了翅膀，白晝飛逝，我們的**整體號**也準備要飛行：火箭內燃機已裝設完成，今天做過了地面測試，好個有力宏偉的爆衝，對我而言，每一次的爆衝都是向她致敬，唯一的，獨一無二的——向今天致敬。

第一次點火時，船塢裡大約有十二名號民忘了要閃避，結果除了一些碎塊和煤灰之外，他們屍骨無存。我在此很驕傲的記錄下我們的工作節奏絲毫沒有紊亂，甚至連一分鐘停頓都沒有。沒有人退縮；我們和機器都繼續我們直線及環形的動作，和以前一樣的精準，彷彿什麼也沒有發生過。十名號民在一體國全體人口中還不到億分之一強，實際一點說，這也不過是三次無限小。只有古人會因爲在算術上民智未開而胡亂同情，我們可覺得荒誕不經。

昨天我也是一樣荒誕不經，爲了一個小小的灰點大費心神，甚至還爲此寫入了札記。其實這一切不過就是同樣的那種現象，那個原本應該如鑽石般堅硬，如我們圍牆般堅硬的表面「軟化」了。

十六點整。我並沒有去散步；誰知道呢?說不定她忽然想要現在過來，趁著每樣東西都映著一圈陽光時……

整棟大樓裡幾乎只有我一個人。透過浸透了陽光的牆我能看見遠處，右邊左邊下方，一個個空房間在空中懸浮，每一間的面貌都相同，有如在照鏡子。只有陽光下隱約透出形狀的淡藍樓梯上，有條前傾的灰色影子向上移動。這時我聽見腳步聲了——而且我透過門看到門外——我感覺那黏乎乎的笑容黏上了我，經過了我的門口，又下去另一個樓梯……

顯示器響了。我緊緊盯著狹窄的白色顯示窗，看見了……看見了某個不熟悉的男性號民（號碼是以一個子音開頭的）。電梯響動，電梯門關上。在我面前出現了一個沉甸甸的額頭，漫不經心的斜斜嵌在一張臉上。而那雙眼睛……教人奇怪，彷彿他是用那個蹙著眉頭的額頭，眼睛所在的地方說話。

「她給你的信。」那凸懸在外的額頭說。「她請你照著信上的話做。」

從那個突出的額頭，那塊突岩下，一雙眼睛掃視了一圈。沒有人，這裡沒有別人；來吧，把信給我！他再掃視了一圈，把信交給了我，離開了，留下我一個人。

不，不是一個人。信封裡裝著粉紅配給券，還有似有若無的香氣——她的香氣。是她，她會來，她會來找我。草草拆開了信封，要用我的眼睛親眼證實這個消息……

不，不對，這不可能是眞的！我又讀了一次，跳過好幾行：「配給券……別忘了放下百葉窗，就像我眞的在那裡……絕對要讓他們以爲我……我非常非常抱歉……」

我把信撕了個粉碎。鏡中有那麼一秒鐘，我的眉毛扭曲變形。我拿起配給券，要像撕了她的信一樣也撕個粉碎……

「她請你照著信上的話做。」

我的手緩了下來，配給券落在桌上。她比我強，恐怕我會乖乖照她的話去做。不過……不過，誰知道呢？走著瞧吧！還有很長一段時間才到晚上呢……配給券就落在桌上。

我看見鏡中我那苦悶的、扭曲的眉頭。我今天爲什麼不去跟醫生開個病假證明？那我就可以不停的走下去，繞過整道綠牆，最後往床上一倒——倒進睡夢深處……可是我必須要到十三號演講廳去，我必須要上緊發條，坐上兩個小時——兩個小時——動也不能動……但我這個時候只想要大吼大叫，捶胸頓足。

演講。好奇怪，來自閃亮儀器的聲音竟不像往常是金屬的聲音，而是柔柔的、毛茸茸的、青苔一樣的聲音，是個女性的聲音。我想像著她從前的樣子：嬌小、身軀微彎的老婦人，就像是古屋的那名老婦。

古屋……一想到這裡我就像是泉水從地底噴湧而出一樣——我用盡了全身之力才克制住自己，否則我的尖叫聲必定會淹沒了整個演講廳。

軟綿綿、毛茸茸的話語從我的左耳進右耳出，只覺得是和兒童有關，和養育孩子有關。我就像攝影的感光板一樣，以一種疏遠的、漠不關心的、毫無知覺的精準把一切都印在腦海裡：一彎金黃的圓弧——是光線反射在擴音器上；圓弧下方有個嬰兒，一個活生生的例子，他正伸手去搆圓弧；小小制服的衣襟含在他的口裡；一隻小手緊握著拳頭，小拇指包在拳頭裡；手腕上有一道淡淡的陰影，一道圓潤的小肉褶。我像攝影感光板，記錄下一切：一隻光腳垂到了桌邊，粉紅色的小腳趾像扇子般張開，在空中亂踢——再一下它就會滾到地上。

一名女性尖叫，一個號民張開制服上透明的翅膀，飛向講台，接住了小孩；她的唇貼著小手腕上那道肉褶；把孩子抱到桌子中央，再從講台下來。我的心機械似的印下了那兩邊嘴角往下撇的圓弧紅唇，大大的藍眸子裡淚水盈眶。喔！對了，我彷彿是讀了什麼和諧的公式一樣，猛然間了解了這樁微不足道的小意外是必需的，是合邏輯的。

她在我左後方坐下，我回頭瞧了一眼；她馴服的把眼光從桌上的嬰孩身上移開，眼睛轉向我，進入我，而又一次：她，我，講台上的桌子——三個點，而穿過這三個點的是線條，是某些不可避免的、仍然看不見的事件的投射。

我沿著綠色的、薄暮的街道走路回家，街道上已經有零零星星的燈光閃爍了。我聽見我自己像面鐘一樣滴答響，而鐘的長短針再一會兒會通過某個數字——我會做出一些無可挽回的事情來。她，I-330，需要讓某人以爲她是和我在一起，而我需要她，我才不在乎她的什麼「需要」。我可不想當別人的窗簾——我不要。

在我身後響起熟悉的腳步聲，就像是涉水走過水塘。我不用回頭張望，就知道他是S。他會跟著我到門口，之後他或許會站在樓下，人行道上，他的鑽子似的眼往上鑽，鑽入我房間——一直到百葉窗放下，遮掩住某人的罪行……

他，我的守護天使，爲我的思緒畫下了一個句點。我決定了——不，我就是不要。我決定了。

我進入自己的房間，打開了燈，我眞不敢相信自己的眼睛：O竟然站在桌邊。也許該說是掛在桌邊，像一件從身體上脫下來的空洋裝。她的衣裙下似乎連一點生氣都不剩，她的手無力的垂著，沒有生氣；她的腿，她的聲音都軟綿綿的垂著。

「我……我那封信。你收到了嗎？收到了？我必須要知道答案，我非知道不可——現在。」

我聳聳肩。暗自竊喜，彷彿可以把所有的罪過都算在她頭上，我望著她快要溢出淚水的藍眼睛，遲遲不作答。接著，帶著喜悅，我一個字一個字刺傷她，說：「答案？好吧……妳沒說錯，一點也沒錯，每件事都讓妳說對了。」

「那麼……」（她想要用微笑來掩飾顫抖，但我還是看見了）「很好！我這就走──我馬上就走。」

她佇立在桌邊，眼瞼低垂，手臂腿腳軟弱無力。另一個人的粉紅配給券仍然皺巴巴的擺在桌上。我迅速打開了《我們》的手稿，把配給券給蓋住──與其說是爲了不讓O看見，其實是不讓我自己看見。

「妳看，我還在寫，已經寫了一百七十頁了……內容變得非常出乎意料……」一個聲音，應該說是聲音的影子說：「你記不記得……第七頁……我滴了一滴淚，而你……」

藍色大眼睛裡的淚水，無聲的、匆匆的滿溢了出來，落在臉頰上，而話語也匆匆的滿溢了出來。「我不能，我馬上就走……我再也不會來了……就隨你的意思吧！可是我想要，我一定得要你的孩子──給我一個孩子，我就會走，我會走！」

我看見她制服底下的身體抖個不停，我覺得再過一會兒，連我也……我把雙手放在背後，露出微笑。

「妳似乎急著想試試造福者的機器啊？」

而她的答話，像是漫過水壩的河流：「我不在乎！可是我能有感覺，感覺到它在我體內，就算是只有幾天……我想看見，就算只有一眼，去看見那道小小的肉褶子，就像那一個，演講廳桌上的那個。只要一天也好！」

三個點：她，我，還有那個躺在桌上、握著小小的拳頭、腕上有圓潤的肉褶……

我記得我小時候有一次被帶到蓄電塔，在塔頂上，我趴在玻璃欄杆上往下看。底下的人像一個個小斑點，而我的心甜蜜的怦怦跳：要是一個不好……？當時我只是更加用力抓緊欄杆；現在我卻撒手往下跳。

「妳眞的要？明知道……」

雙眼緊閉，彷彿面對著太陽，她露出了帶淚的、燦爛的笑容。「是的，是的！我要！」

我從手稿下拿出了粉紅配給券——別人的配給券——跑到樓下，交給值班的管理員。O抓住我一隻手，喊了什麼，但我一直到回房之後才明白她說了什麼。

她坐在床沿上，兩手交鎖，擺在膝蓋之間。「那是……她的配給券？」

「有什麼關係嗎？沒錯，是她的。」

什麼東西裂開來，也可能只是O動了動。她坐著，雙手夾在膝蓋間，默默不語。

「怎麼樣？快點吧……」我粗魯的抓住她的手，在她的手腕上留下了紅印（明天會轉爲藍色），就在孩子似的豐潤肉褶上。

這就是最後了。接著是清脆的關燈聲，所有的想法都消散了，唯有黑暗、光點——

我翻越了欄杆，往下墜……

札記二十

提綱：放電
　　　思想的材質
　　　零度峭壁

放電——這是最貼切的定義。現在我知道那就像是放電。我最近的脈搏變得更加乾燥，更加快速，甚至更加緊繃；正負兩極愈來愈接近——已經發出了乾裂聲——只要再一毫米就會爆炸，接下來就是一片死寂。

現在我體內的每一處都非常安靜空虛，恍如在一棟人都走光了的屋子裡，而你獨自躺著，病著，清晰無比的聽著你的思想金屬似的滴答聲。

也許這個「放電」最終治好了我苦悶的「靈魂」，我又像我們所有的人了。至少我現在可以不帶痛苦的看見O站在立方廣場的台階上，我能看見她罩在瓦斯鐘下。要是她在那裡，在手術局供出了我的名字，那也無所謂：在我生命的最後一刻，我會虔敬的、感激的親吻造福者那隻懲罰的手。身爲一體國的一員，接受懲罰是我的權利，我不會拋棄這份權利。我們這些國家的號民不應該也不能夠放棄這份權利——這是我們唯一擁有的權利，因此也是最珍貴的權利。

我的思緒靜靜的滴答響，聲音有如金屬般清脆。一輛隱形飛車把我帶入了我最喜愛的抽象概念的藍色高峰上，而在那裡，在最純淨最稀薄的空氣中，我看見了自己對「權利」的看法就像是充氣的輪胎一樣，砰然破裂。而且我清楚的了解那不過是退步到古人的荒謬偏見——他們對「權利」的概念。

有的思想是泥土捏的，有的思想是黃金或我們寶貴的玻璃雕琢出來的。爲了要判斷思想的材質是什麼，只需要滴一滴強酸就會水落石出。古人也知道其中一樣的強酸：reductio ad finem（還原劑）。我想他們是這麼稱呼的。可是古人害怕這種毒物，他們寧願看見一個泥塑的天堂，一個玩具天堂，也不願看見一個藍色的空無。但是我們，多虧了造福者，卻是成人，我們不需要玩具。

試想，一滴強酸滴到這個「權利」的想法上。即使是古人，最成熟的古人也知道權利的源頭是力量，權利就是力量的一個函數。所以我們有了天平：一邊是一克，一邊是一噸；一邊是「我」，一邊是「我們」——也就是一體國。這麼一來事情不是很明顯了嗎？設想這個「我」在國家的管轄下能夠擁有一些權利，這不就和設想一克能夠平衡一嘸是一樣異想天開嗎？所以有了分別：權利歸於嘸，責任歸於克。而從「不存在」到「偉大」的自然道路就是要遺忘你是一克，感覺自己是一嘸的百萬分之一。

諸位臉頰紅潤、體格健美的金星人，還有諸位黑得像鐵匠的天王星人，我聽見你們在我藍色的靜默中喃喃反對。可是你們必須要學著了解：舉凡偉大的都是簡單的；唯有算術的四則運算是恆久不變的，唯有奠基在四則運算之上的道德規範才可能是偉大的、不變的、永恆的。這是最高的智慧，金字塔的塔頂，是人們滿身大汗，又累又喘，攀爬了幾世紀的頂點。從這個頂點看下去，什麼都在下面，在深壑裡，我們野蠻的祖先殘留在我們身上的遺跡仍在深壑裡蠕動，有如一堆可悲的蟲子；頂點底下的一切都是相似的：違法生育的母親O；殺人犯；膽敢把詩作朝一體國臉上丟的狂人。而給予他們的審判也是相同的：死刑。這是住在石屋的人類在歷史的黎明綻放出粉紅的、天眞的曙光之時所夢想的神的正義。他們的「上帝」在懲罰褻瀆神聖教會的人時，也是以殘酷的死刑爲懲罰的。

諸位天王星人，你們像古代西班牙人一樣生性冷酷，膚色黝黑，他們有智慧把不法之徒燒死在熊熊烈焰之中。你們默然無言，我想你們是站在我這邊的。可是我聽見面色紅潤的金星人嘀咕著什麼折磨、處刑、倒退到野蠻年代的話。我親愛的朋友啊！我可憐你們：你們沒有能力做哲學和數學思考。

人類歷史就好像飛車，一圈一圈向上盤升。每個圓圈都不同，有些金黃，有些血腥。但是全都平均的分成了三百六十度，而運動則是從零度開始——向前運轉，轉到十度，二十度，兩百度，三百六十度——再回到零度。是的，我們回到了零度，沒錯。但是在我數學的心裡，我很清楚這個零是完全不一樣的零，是嶄新的一個零。我們從零度開始，轉到右邊，從左邊回到零度。所以不是加零，而是減零。你們了解嗎？

我把這個零想像成一面巨大的、安靜的、狹窄的、刀刃般鋒利的峭壁。在濃烈的黑暗中，我們屏住呼吸，從零度峭壁這邊的暗夜出發，幾個世紀來，我們這些哥倫布不停的航行、航行，我們環繞了整個地球。好不容易，萬歲！爆出震天價響的一聲喝采，人人爬上了桅杆：我們眼前出現的是零度峭壁那未知的一邊，被一體國的極光所照亮的一邊——那是淡藍色的陸塊，散發出火花、彩虹，像是有上百個太陽，上億的彩虹……

要是我們距離另一邊，峭壁黑暗的那一邊只有一把刀的寬度呢？刀子是人類最強固、最不朽、最燦爛的發明。刀子曾用在斷頭台上，刀子是斬斷所有死結最普遍的工具；而在刀鋒上則是似是而非的議論鋪成的道路——唯有無畏無懼的心才能夠踏上的道路。

札記二十一

提綱：作者的責任
冰面隆起
最艱辛的愛

昨天是她的日子，她又一次爽約，也又一次送來一封不清不楚的短箴，裡頭什麼也沒說。但是我很平靜，完完全全的平靜。我遵照了短箴上的吩咐，拿著她的配給券到樓下管理員那兒，放下了百葉窗，獨自坐在房間裡，但那不是因爲我無法抗拒她的意願，開玩笑，當然不是！我會那麼做只不過是因爲放下百葉窗可以躲開那一堆有藥膏治療功效的笑容，讓我能靜靜的寫札記。這是第一個原因，第二個原因是我怕萬一失去了I－330，我就失去了開啓所有未知數的鑰匙（衣櫃事件，我短暫的死亡等等）。就算只是身爲這本札記的寫作者吧，我也有責任要找出答案來。更何況人類在根本上就敵視未知數，而「智人」唯有在文法上完全擺脫了問號，只剩下驚歎號、句點、逗點之後才能是名副其實的有智能的人。

於是今天完全是出於作者的責任，我才會在十六點搭乘飛車，再一次到古屋去。我冒著強風飛行，飛車艱難的跋涉過氣流的叢林，無形的枝椏抽打鞭笞著飛車。我底下的城市幾乎整個是用藍色的冰塊建造的。突然間，迎面來了一團雲，傾刻間灑下了一片斜影，冰塊變得沉重，有如春天河流上的冰面隆起，而你立在河岸邊等候：只消一分鐘，一切都會爆開，潑灑出來，打著漩子，洶湧著衝向下游。但幾分鐘過去了，冰面仍凝結不動，你倒覺得你自己開始隆起，你的心跳加速，愈來愈快，愈來愈讓你心神不寧（我寫下這些幹嘛？這些奇怪的感覺又是打哪兒來的？因爲絕不會有哪種破冰機能夠粉碎我們這最透明、最耐久的水晶……）。

古屋入口沒有人，我繞了一圈，在綠牆附近找到了老邁的守門人。她一手遮著眼睛，抬頭看著天空。圍牆上空有黑色的鳥類盤旋，乍看像銳利的三角形，牠們尖叫一聲，俯衝下來，撞上了隱形的電波，撤退回去，又一次盤旋在綠牆的上空。

我看見鳥群傾斜的影子掠過她黧黑、布滿皺紋的臉，也掠過她迅速瞟向我的眼睛。

「這裡沒人，沒人在！一個人也沒有！犯不著進去，犯不著……」

她說「犯不著」是什麼意思？眞是莫名其妙——把我當成了某人的影子！但是如果這一切都只是我的影子呢？難道不是我塡滿了這一頁頁的紙張嗎——不久之前這些紙不

過是白色的長方形沙漠呢？要不是我帶領的話，那些在狹窄的線條小路上向前邁進的人能看到這些點點滴滴嗎？

當然我什麼也沒對她說。根據我自身的經驗，我知道最殘忍的事莫過於讓一個人懷疑他自己的現實世界，他自己的三度空間現實。所以我只是冷淡的跟她說她的責任就是開門，接著她就讓我進入了庭院。

空盪盪的，靜悄悄的。綠牆之外風呼呼的吹，遙遠模糊，正如那天我們兩個肩併著肩，兩人合而爲一，從下面上來，從長廊出來一樣——如果確有其事的話。我走在石頭拱門下，我的腳步聲在潮濕的穹窿間迴響，似乎響在我的身後，就像有人跟在我後面。露出紅磚痕跡的黃牆看著我穿過幽暗的方形玻璃窗，看著我打開了穀倉吱嘎亂響的門，搜尋每一個角落、死巷。籬笆上一道院門，一片荒涼的空地——盡是兩百年戰爭的遺跡。從地面露出光禿禿的石頭肋骨，張大著嘴的黃色圍牆。一座古老的火爐有一根筆直的煙囪，像是一艘永遠石化的船，擱淺在紅黃色的磚海中。

我覺得之前看過這些黃色的牙，隱隱約約的，像是隔著一層水看見的，就在一座深湖的湖底。我開始搜尋。我跟蹌走過坑洞，踢到石頭，制服被生鏽的爪子鉤住，大顆鹹鹹的汗珠從我的額頭滲出，流進了眼睛……

不在這裡！我到處都找不到那個通往下方、通往長廊的出口。它不見了。其實這樣反而比較好：那個什麼出口很可能是我自己做的那些莫名其妙的「夢」。

筋疲力竭又滿身塵土和蜘蛛網，我伸手打開了回到主庭院的院門，驀然間我的身後傳來沙沙聲，像踩水的步伐，我一轉身——果然是長了一對粉紅招風耳的S，綻開他雙重彎曲的微笑。

他瞇著眼睛，拿著他的鑽子刺穿我，問道：「散步嗎？」

我默不作聲，兩隻手不像自己的。

「那麼你覺得好多了嗎？」

「好多了，勞你關心。我想我快恢復正常了。」

他放開了我——抬起眼睛，仰起頭，我這還是第一次看見他的喉結。

在我們頭頂，不超過五十米的距離，有幾輛飛車在盤旋。從慢速飛行，貼近地面的高度和垂下的黑色觀察管來判斷，我認出了那是什麼：是觀護人的飛車——而且不是尋常所見的兩三輛飛車，而是十到十二輛（很遺憾，我只能說出一個大概的數字）。

「今天爲什麼出動這麼多？」我大著膽子問。

「爲什麼？哦……眞正的醫師會在一個人還健康的時候就開始治療，因爲他可能會在明天或是後天或是一個星期內才會發病，這叫做預防勝於治療！」

他點頭，又啪噠啪噠走過庭院的石板地，又停下來，扭頭說：「小心啊！」

我單獨一個人。靜悄悄的，空盪盪的。距離綠牆牆頭很遠的地方風吹鳥飛。他到底是什麼意思？

我的飛車迅速的順著風勢滑下。雲朵投下有輕有重的陰影；下方是藍藍的圓屋頂，一個個的玻璃冰塊變得鉛一般重，慢慢隆起……

傍晚

我翻開手稿寫下一些想法，我相信對諸位，我的讀者會有用。這是我對即將到來的「全民一致日」的一點感想。正要動筆，我忽然明白今晚我沒辦法寫。我一直在聆聽風用黑色的翅膀撲打窗戶的聲音，我不時回頭，等待著。等什麼呢？我不知道。後來那熟悉的褐中帶粉紅的魚鰓出現在我房間，我承認我很高興。她坐下來，輕輕撫平落在兩膝間制服上的皺褶，很快的用她的微笑幫我塗滿了膏藥，每個小細縫都沒放過——我發覺自己愉快的、牢牢的給綳帶包紮住了。

「你知道，我今天去上課（她在兒童飼養廠上班），在牆上看見了一幅諷刺漫畫。對，對，我跟你說，他們把我畫成了一條魚。也許我真的……」

「喔！不，不，怎麼會嘛！」我趕緊說（近看的話，她的臉上確實沒有一個地方像魚鰓，我以前說什麼魚鰓臉之類的話根本就說錯了）。

「欸，反正不重要。可是，你知道，問題出在這種行爲可要不得。我當然是報告了觀護人。我很喜歡孩子，我也相信最艱辛最高貴的愛就是——殘酷。你了解嗎？」

我當然了解！這和我的想法不謀而合，我忍不住把我的札記二十唸了一段給她聽，第一句就是「我的思緒靜靜的滴答響，聲音有如金屬般清脆」。

我沒抬頭就看見她褐中帶粉紅的臉頰在輕顫，貼得我愈來愈近，這時她用又乾又硬幾乎會扎人的手覆住了我的手。

「給我看，給我看！我會記錄下來，讓孩子們背起來。我們比你的那些金星人更需要，我們需要它——今天，明天，後天。」

她扭頭看後面，幾乎是在耳語：「你聽見了嗎？他們說在全民一致日那天……」

我跳了起來。「什麼？他們說什麼？全民一致日怎麼樣？」

舒適的牆壁消失了，瞬間我覺得自己給摔了出去，摔到了狂風怒吼、傾斜的黃昏雲團降得愈來愈低的地方……

U果斷的、穩穩的攫住我的肩膀，我注意到她彷彿是反應了我的激動，她骨瘦如柴的手指在發抖。

「坐下來，我親愛的，別那麼激動。傳聞每天都有，沒什麼要緊。眞要是的話——要是你需要，那天我會陪著你。我會找別人來照顧我的孩子，陪你一起去，因爲你，我親愛的，也是個孩子，而你需要……」

「不用，不用。」我揮手制止她。「當然不用！那妳不就眞把我當成孩子一樣了嘛，以爲我不能……自己一個人……當然不用！」（我必須承認那天我有別的計畫。）

她微笑，那一笑的含意不言而喻。「哎，眞是個頑固的孩子！」她坐下來，低垂著眼瞼，輕輕撫平落在兩膝間的制服皺褶，隨即又談起了別的事。「我想我必須決定……爲了你好……不，拜託，別催我，我還得要再想想……」

我沒有催她，雖然說我了解我應該感到高興才是，再說也沒有比爲某人的晚年增光更高的榮譽了。

這天我在夢裡被翅膀折騰了一整晚。我走來走去，用手抱著頭，躲開那些翅膀。還有那張椅子，不是我們的椅子，不是現代的玻璃椅，而是一張古代的木椅，像馬一樣移動——右前腳、左後腳、左前腳、右後腳。它跑到了我的床邊，爬上了床，而我跟那張木椅做愛，既不舒服又痛苦。

眞是奇怪了：難道沒有人能發明一種療法來治療這個做夢病？或是把它轉變成某種理性，甚至有用的東西嗎？

札記二十二

提綱：凝固的波浪
　　一切都完美了
　　我是病菌

想像一下你站在海岸邊，波浪有節奏的湧起，湧著湧著，突然不動了——凍結了，凝固了。夠詭異，夠不自然了吧？同樣的，我們每日的散步，作息表排定的散步時間，突然半途截斷了，當然人人都會陷入一團混亂之中。上一次發生類似狀況，根據我們的年鑑記載，是一百一十九年之前，一塊冒著煙的隕石呼嘯著從天而降，直接掉落在密密麻麻的行進人群間。

我們像往常一樣散步，走得就像古代亞述帝國的浮雕一樣：一千顆頭顱，兩隻融合在一起有如一體的腳，兩條擺動動作一致的手臂。大道盡頭，蓄電塔嚴謹的運轉之處，一個長方形隊伍朝我們移動。前方、後方、兩側都是警衛；中央有三個人，他們制服上的金色胸章已被摘下。事情驚人的清楚。

蓄電塔上的巨鐘像一張臉，從雲層中探出頭來，吐出秒數，漠不關心的等待著。接在就在十三點零六分，長方形隊伍出了岔子。出事地點距離我相當近，我看見了每一個細節；我清楚記得那條又細又長的脖子，和太陽穴上蜘蛛網似的藍色血管，就像是某些迷你未知世界地圖上的河流，而這個未知的世界顯然是個非常年輕的人。他必然是注意到了我們這一列中什麼人，他踮起腳尖，伸長脖子，停下了腳步。嗒一聲，一名警衛揮出了發出藍色火光的電鞭，他小聲尖叫，活像隻小狗。緊接著，一連串的嗒，大約每兩秒響一次：一聲嗒，一聲尖叫，一聲嗒，一聲尖叫。

我們繼續踩著有節奏的、亞述浮雕似的步伐，我看著優雅的「之」字形火光，心裡想：人類社會中的一切都一直在完美化——而且也理當如此。古人的鞭子簡直是令人作嘔的武器，相較之下，我們的有多美麗，多……

就在這一刻，一名苗條柔順的女性像是從全速運轉的輪子上脫離的螺帽一樣，脫離了我們的隊伍，高聲大喊：「夠了！住手……！」她撲向了長方形隊伍。就像一百一十九年前的那顆隕石，整個散步隊伍都停頓了下來，而我們這幾列的人就像是灰色的浪頭突然被寒霜給凍結了。

一時間，我也和其他人一樣，瞪著她看，不知她是誰。她不再是號民，她只是個人類，她的存在只是一種形而上的物質，是摑打在一體國臉上的侮辱。但是她做了某一個動作——轉過身來，她的臂向左旋——我心裡立刻有了感覺：我知道，我知道這具身體，像鞭子一樣柔順！我的眼，我的嘴，我的手都知道！在那一刻我是全然的肯定。

兩名警衛跨步向前阻攔她，一秒鐘內他們的軌道就會在鏡子似的路面上交會，一分鐘內她就會被捕……我的心臟猛撞了一下，不動了，腦子一片空白——這麼做可以嗎？還是絕對禁止？合理嗎？還是荒謬？——我衝向了事發地點。

我感覺到上千隻受驚的、瞪大的眼睛盯著我，但這只是讓那從我身上掙脫而出的多毛野性的另一個我，更加氣急敗壞，更加興高采烈，更加孔武有力，讓他跑得更快。只差兩步。她轉過來……

在我面前的是一張顫抖著、長滿雀斑的臉，紅色的眉毛……不是她，不是I－330。

心頭一陣狂喜，我想要大喊「對，逮捕她！」之類的話，可是我只聽見了一聲低語，我的肩上也多了沉沉的一隻手。我被捕了，我會被帶到某處，我急著想解釋……

「不，不，你們搞錯了，我是以為……」

可是我該如何解釋記錄在這些書頁上我的情況、我的疾病呢？我只能乖乖服從，跟著他走……被強風從樹上吹落下的樹葉馴服的向下飄落，在空中飛旋，想攀住每一根熟悉的樹枝、分叉、節瘤。而我也一樣想向每一個沉默的球體頭顱、向冰塊般透明的牆、向蓄電塔刺穿雲朵的藍色尖塔求救。

就在此時，就在一道無法穿透的簾幕要隔開我和這個完整的、美麗的世界之時，我看見附近有對粉紅色招風耳，滑過了鏡面般平穩的人行道，一顆熟悉的大頭出現了。一個熟悉的、壓低的聲音說：「我有職責知會你們，號民D－503身染疾病，無法克制自己的情緒。我確信他是被本能的憤怒所誤……」

「對，對。」我抓住這個機會不放。「我不是還大喊『逮捕她』嗎！」

我身後的聲音：「你什麼也沒喊。」

「對，可是我想要喊——我對造福者發誓，我眞的想。」

一時之間，那雙灰色的、冰冷的鑽子眼鑽進了我心裡。我不知道他是否在我心中看見了我說的是實話（幾乎是），或是因爲他有什麼祕密的理由暫且放我一馬，反正他寫了一張字條，交給了其中一個抓住我的人。我馬上就自由了，不，說得更精確一點，我又回到了正常的、無止盡的亞述人隊伍中。

長方形隊伍，包含那個雀斑臉以及藍色血管地圖的太陽穴，消失在轉角後，永遠的消失了。我們繼續散步——一具有著百萬顆頭的身體。而在我們每人心中，充滿了那謙卑的喜樂，那每個分子、原子、「吞噬細胞」的生命喜樂。古代的基督徒，我們唯一的前輩（儘管並不完美）了解這一點：謙恭是美德，驕傲是罪惡；「我們」來自於上帝，「我」來自於惡魔。

現在我和其他人齊步前進——但我和他們卻又是分開的。我仍因爲剛才的刺激而顫抖，像是古代火車衝過鐵橋，鐵橋震顫不已一般。我感覺著自己。但是只有跑進了灰塵的眼睛，長了膿瘡的手指，受感染的牙齒才能感覺到自身，感覺到個體；健康的眼睛、手指、牙齒是感覺不到的，這些個體彷彿是不存在的。所以說個人的意識純粹是一種疾病，這不是很清楚的事嗎？

也許我不再是個鎭定忙碌的呑噬著病菌（長著藍色太陽穴和雀斑的病菌）的「呑噬細胞」了。也許我就是個病菌，而且在我們之中已經有了上千個病菌——跟我一樣——假裝成「呑噬細胞」……

今天這件事，基本上是微不足道的意外……但萬一這只是個開頭，只是第一顆石頭，被無限大擲向我們的玻璃天堂，而隨後還有一陣猛烈的石頭雨呢？

札記二十三

提綱：花
晶體融化
假如

據說有種花一百年只開一次，那爲什麼不會有一千年開一次、一萬年開一次的花呢？也許我們不知道有這種花是因爲今天才是這個「一千年開一次」花的花期？

我飄飄然、暈陶陶的下樓去找值班的管理員，而在四面八方，無論我的視線落在哪裡，我都看見千年之久的花苞在怒放。無論什麼都在綻放——扶手椅、皮鞋、金黃胸章、電燈泡、某人長長睫毛的黑眼睛、樓梯的雕花欄杆柱、某人遺落在樓梯間的手帕、值班號民的桌子，還有桌後U那微帶褐色、布滿斑點的臉頰。無論什麼都非比尋常，新穎、精緻、紅艷、濕潤。

U取走了粉紅配給券，而在她頭頂上，從玻璃牆望出去，月亮泛著淡淡的藍光，散發著芬芳，在一根無形的樹枝上搖擺。我得意洋洋的指著月亮，說：「月亮——懂嗎？」

U瞧了我一眼，又瞧了瞧配給券上的號碼，我又看見她的手輕輕的、熟悉的動著，撫平落在她兩膝間的制服皺褶。

「親愛的，你跟平常不太一樣，你好像病了，因爲異乎尋常跟生病是一回事。你這是在害自己，可是沒有人、沒有人會提醒你。」

那個「沒有人」當然就等於配給券上的號碼：I－330。親愛的，神奇的U！妳說的當然對：我不謹愼，我生病了，我有了靈魂。可是開花不也是病嗎？花苞裂開時難道不痛？而且妳不覺得精蟲是最可怕的細菌嗎？

回到樓上，在我房間裡，在敞開的椅子花萼上坐著I－330。我跪在地板上，抱住她的腿，我的頭貼著她的膝蓋。我們不說話，寂靜，心跳……而我是晶體，我融化在她裡面。我以無比的明晰感覺到那劃定了我的空間範圍的滑亮小平面漸漸消融，消融——我消失了，融化在她的膝上，化進她身體裡，我愈來愈小，但是在同時又愈來愈寬，愈來愈大，擴張成無限。因爲她不是她，而是宇宙。而在一剎那間，我和這張靠近床鋪的椅子，充盈著喜悅，合而爲一。而在古屋大門的那名微笑的老婦人，還有綠牆外的野蠻叢林，還有後院銀色的斷垣殘壁，像老婦人一樣打瞌睡，某處有砰一聲關門聲，遙遠不可及——這一切都在心裡，跟著我，傾聽著我的脈搏跳動，傾聽著我的血液在這幸福的一秒洶湧……

我想要傾訴，但是我的話說得很可笑，很迷亂，連珠炮似的，我想告訴她我是一個晶體，因此我的心裡有扇門，因此我感覺到她身下那張椅子的快樂。可是我好像是在胡言亂語，所以說著說著，我也不知該怎麼收場了，只覺得很不好意思：我這麼個一板一眼的人，一夕之間竟然變得這麼……

「親愛的，原諒我！我不知道，我在胡說八道，蠢到家了……」

「你爲什麼覺得愚蠢不好呢？如果人類的愚蠢也和智能一樣，幾世紀以來得到謹愼的培養和教化，說不定能夠變成什麼彌足珍貴的東西呢！」

「對……」（我覺得她說的對——此時此刻她怎可能會有錯呢？）

「再說，正是一個愚蠢的行爲——那天散步時你的舉動——讓我更加、更加的愛你。」

「可是妳爲什麼要折磨我，爲什麼妳不來，爲什麼把妳的配給劵送來，害我……」

「說不定是因爲我必須要測試你啊？說不定是我必須要知道你會照我的意思去做——你整個人都是我的？」

「對，整個人都是妳的。」

她捧住我的臉——整個的我——抬起我的頭。「那麼你那個『所有誠實的號民都應負的責任』呢？」

甜蜜的、尖銳的、白皙的貝齒；一抹微笑。在那張裂開的花萼椅子裡，她就像隻蜜蜂——既帶刺螫人，又有甜甜的蜂蜜。

是的，責任……我在心裡面翻閱著最近的札記：找不到一個提到責任的地方，說眞的，我應該……

我無言可對，只是狂喜的笑著（可能也是傻傻的笑著），凝視她的瞳孔，用我的眼瀏覽一邊，再瀏覽另一邊，而在每隻瞳孔中我都看見我自己：我，渺小，無限小，被俘在小小的彩虹監獄中。而同樣的——蜜蜂——紅唇，花開時甜蜜的疼痛……

每個號民心裡都有一個隱形而安靜的節拍器在滴答響，而我們不用看錶就知道五分鐘有多長。但是此刻我的節拍器停止了，我不知道過了多少時間。我焦急的從枕頭上取出我的胸章。

感謝造福者！我們還有二十分鐘。但是分鐘這東西短得離譜，卻又跑得飛快，而我要告訴她的話有那麼多——我要告訴她一切，我所有的故事：O的信，我給了她孩子那可怕的一晚，還有為了某些理由，我的童年——那個數學家「不拉企」，$\sqrt{-1}$，我第一次的全民一致日，我苦澀的大喊，因為這樣的日子後來竟成了我制服上的一塊墨漬。

I-330抬起頭，靠著手肘。嘴角有兩條又長又清楚的線，揚起的眉毛形成了直角：一個X。

「說不定，那一天……」她打住不說，眉頭深鎖，握住我的手，用力的捏。「告訴我，你不會忘記我，你會一輩子記得我？」

「妳為什麼這麼說？妳是什麼意思？寶貝！」

她默默不語，眼睛看著我的後面，穿透了我，落在遙遠的地方。我突然聽見了狂風那龐大的翅膀拍打著玻璃（當然這晚的風一直都吹襲著玻璃，只是我到現在才聽見），不知為何，我想起了綠牆頂端叫聲尖銳的飛鳥。

她搖搖頭，彷彿是要掙脫什麼。又一次，她以全部的她碰觸我——就宛如飛車碰觸地面時先彈跳一下，之後才降落。

「把襪子給我，快點！」

她的長襪丟在桌上，就落在我攤開的手稿上（第一九三頁）。匆忙之間，我把手稿給掃到了桌下，紙頁四散，我怎麼也沒辦法按照次序收拾好了。就算我收拾好了，也不會有眞正的次序，依然會有些間隙，有些障礙，有些X存在。

「我不能這樣下去了。」我說。「妳在這裡，在我旁邊，可是妳又好像被一道古老不透明的牆隔開了。我聽到牆後有窸窣聲，有講話聲，可是卻聽不清是什麼話。我不知道牆後是什麼。我受不了。妳總是有事情瞞著我，那時在古屋妳也沒告訴我那是在哪裡，那些長廊又是做什麼的，還有為什麼醫生也在。還是說，這一切壓根就沒有發生過？」

I－330雙手按住我的肩膀，緩緩進入了我的眼睛，進到深處。「你想要知道一切？」

「對，我想，我非知道不可。」

「你也不怕跟著我到天涯海角，到最後一刻——無論我要把你帶到哪裡？」

「哪裡都行！」

「好，我答應你，等假日過後，假如……喔！對了，你的**整體號**怎麼樣了？我老是忘了問——還要多久？」

「等等，妳是什麼意思，『假如』？又來了，『假如』什麼啊？」

但她的人已經在門口了：「到時你會親眼看見的……」

剩下我一個人。她只留下淡淡的幽香，讓人想起綠牆後傳來的甜蜜乾燥的黃色花粉。問號的小鉤子牢牢的嵌進我心裡，就像古人在捕魚時用的鉤子一樣（樣品陳列在史前博物館）。

她爲什麼突然問起**整體號**？

札記二十四

提綱：函數的界限
刪掉一切
復活節

我就像是一台調到最高轉速的機器：外殼過熱，只要再一分鐘，熔化的金屬就會滴落，一切就會變成空。快來一點冰水和邏輯吧。我一桶一桶往紅熱的外殼上潑，但邏輯一碰上去就變成了水蒸汽，一縷縷的白煙上升，消失無蹤。

當然事情很明顯：爲了要斷定某項函數的眞正數値，就必須要把它逼到極限。而很顯然，昨天那荒謬不合理的「消融在宇宙裡」，若是逼到極限就等於死亡，因爲死亡是自我在宇宙中最徹底的溶解。所以，以L代替愛，以D代替死亡，則L＝f(D)。換言之，愛與死……

對，一點也沒錯，一點也沒錯，這就是我爲什麼會怕I－330的緣故。我抗拒她，我並不想……可是爲什麼這個「我並不想」會和「我想」一起存在於我心裡呢？這就是最恐怖的地方——我渴望昨晚幸福的死亡能夠再來一次。這就是最恐怖的地方，就連今天，邏輯函數已整合，我也清楚知道死亡是隱藏在這個函數之內的，但我仍然渴望她，我的唇，我的手，我的胸，我身上每一毫米都……

明天是**全民一致日**，她當然也會出席，我會看見她，卻只能隔著一段距離看。隔著一段距離——那會是種折磨，因爲我必須接近她，我被不可抗力拉扯過去，那樣她的手、她的肩、她的髮才……可是連這種折磨都教我期待——讓它來吧。

偉大的造福者啊！眞是可笑，竟然渴望痛苦。誰不知道痛苦是一種負面的數值，誰不知道痛苦的總和會削減快樂的總和？因此……

哎，根本就沒有「因此」。一切都是茫然一片，赤條條的。

傍晚，

透過房屋的玻璃牆看出去，戶外風勢不小，夕陽粉紅得驚人，教人不安。我把椅子掉過來，不去看那突兀的粉紅。我翻著我的札記，我能看見：又一次我忘了我不是爲自己而寫，而是爲諸位不知名的讀者，我既愛又憐的讀者寫的——爲你們這些仍然在下方、後方、遙遠幾世紀之外的某處辛苦跋涉的讀者。

好，說到**全民一致日**，這是個偉大的假日。我從小就喜歡這一天，我覺得對我們而言這一天的意義和「復活節」對古人的意義差相彷彿。我記得在這一天的前夕我會幫自己準備一個類似小時曆的東西，接著快樂的刪除一個又一個小時：又過了一個小時，又少了一個小時的等待……要是我確定沒有人會看見，坦白說，我到今天都還會帶著這個小時曆，盯著看距離明天還有多少小時，我就能看到——即使是從一段距離之外……

（我被打斷了：工廠送來了新制服。通常我們都會在這天之前收到新制服，外頭走廊上到處是腳步聲，喜悅的喟歎聲，吵雜聲。）

接續前面。明天我會看到那年年重複的盛大場面，但是看了一年又一年，每次看都還是嶄新的，都還是很感動：崇敬高舉的手臂組成一個雄偉的和諧之盃。明天是造福者年度選舉日，明天我們會再一次把我們堅不可摧的快樂堡壘的鑰匙交給造福者。

當然，我們的選舉完全不像古人那種脫序混亂的選舉——說起來就很荒謬——選舉的結果竟然完全不可預知。把國家建立在全然無法預測的可能狀況之上，完全的盲目——還有什麼比這更不合理的？可是很顯然需要耗費數個世紀的時間才能讓人類明白這一點。

不用說，在我們這裡，在這件事情上，一如在其他的事情上，都沒有讓可能狀況發生的餘地；沒有出乎預料的事情會發生。而且選舉本身也是象徵性的，旨在提醒大家，我們是一個單一的、強大的、百萬細胞組成的有機體——套句古人的說法——我們是統一的教會。因爲一體國的歷史上，從來沒有發生過有某一個聲音膽敢違逆偉大的齊唱。

據說古人用很隱密的方法來舉行選舉，像竊賊一樣的偷偷摸摸。有些歷史學家甚至指出，他們還戴著面具去投票（我可以想像得出那鬼氣森森的一幕：夜晚，廣場，披著黑色斗篷的人鬼鬼祟祟的貼著牆腳移動；火炬的鮮紅火光被風給吹得忽明忽滅……）。沒有人窮究出這樣的偷偷摸摸是爲了什麼；很可能是選舉本身就和某些神祕的、迷信的，甚至罪惡的儀式脫不了關係。可是我們卻沒有什麼好隱藏，沒有什麼好羞恥的；我們公然慶祝選舉，坦坦蕩蕩，在光天化日之下。我看見人人都投造福者一票，說實話，本來就該是這樣，因爲「人人」跟「我」都是整體的「我們」。和古人那種見不得人、偷雞摸狗的「祕密」行事相比，我們的選舉是多麼的高貴，多麼的誠懇，多麼的脫俗啊！因爲即使發生了什麼假設性的不可能狀況——在通常一致的聲音中溢出了雜音——化身爲一般號民的觀護人就在我們的隊伍裡，他們可以立刻記下那些出軌之人的號碼，在他們踏錯更多步之前解救他們，也因此而解救了一體國。最後，再一個……

從左邊牆壁望出去，一名女性號民對著衣櫃門上的鏡子匆匆解開制服，一瞬間，我瞥見了眼睛、嘴唇、兩個玫瑰紅點……接著百葉窗落下，而昨天的一切立刻浮上心頭，我不再知道「最後，再一個」是什麼意思，我也一點都不想知道，一點都不想！我只想要一樣東西——I－330。我要她每一分鐘都跟我在一起，永遠和我在一起，只跟我一個人在一起。而我剛才寫的那些和**全民一致日**有關的東西，完全是多餘的，徹底偏離了主題，我想要一古腦兒刪掉，撕毀，丟棄。因爲我知道（這麼說或許是褻瀆，卻是眞話），對我而言假日就是跟她在一起，有她在我身邊，肩併著肩。沒有了她，明天的太陽只不過是一圈白錫，而天空只是漆上了藍色的錫，而我自己……

我抓起電話。「I－330，是妳嗎？」

「對，是我。現在打電話太晚了。」

「也沒那麼晚。我想問妳……我想要妳明天跟我一起，寶貝……」最後幾個字我幾乎是在呢喃。也不知爲了什麼，今早在船塢的一幕猛然襲上心頭：有人開玩笑，在一具百噸重的鎚子下放了一隻錶——鎚子擺動，一陣強風吹在臉上，而一百噸重就靜悄悄的落在那隻脆弱的手錶上。

一陣停頓。我似乎聽見她的房裡有人在說話，接著是她的聲音：「不，不行。你知道——我自己要……算了，反正我不行。爲什麼？你明天就知道了。」

夜晚

札記二十五

提綱：從天堂下凡
史上最大災難
已知的一切結束了

典禮開始前，全體肅立，國歌有如莊嚴緩慢的罩篷，在我們頭頂左右搖晃——樂坊幾百隻的喇叭加上百萬計的歌聲——有那麼一秒鐘，我渾然忘我。我忘了I－330有關今天的慶典那教人惴惴不安的暗示；我想我甚至連她都遺忘了。我又變成了那個小男生，爲了制服上有個除了自己之外誰也看不見的小污點而在**全民一致日**哭泣。我四周的人都看不見沾黏在我制服上那無法抹滅的斑點，但是我知道，我——一個罪犯——沒有權利躋身在這些坦白磊落、心胸開闊的人群中。要是我能夠站起來大喊，尖聲喊出我的一切，那該有多好。就讓它帶來我的末日，就讓它來吧！只要有一分鐘能夠讓我感到我和這片天眞無邪的藍天一樣的純淨無私，就讓它來吧！

所有的眼睛都朝上看。毫無瑕疵的早晨藍天，仍帶著夜晚的眼淚——一塊幾乎看不見的斑點，一會兒幽黑，一會兒在陽光中閃耀。是祂，新的耶和華，從天堂下凡來，與古人的耶和華一樣的全知全能，恩威並濟。祂愈來愈近，上百萬顆心向上提、向上提，我們迎接祂。現在祂看見我們了。我在心中與祂一起從高處俯瞰一圈圈的同心圓平台，我們的制服排列出藍藍的小點，彷彿蜘蛛網一圈圈妝點著超小型太陽（那是我們閃亮的胸章）。一分鐘內，祂會在蜘蛛網的中央坐下，雪白睿智的蜘蛛——一身白袍的造福者，他用快樂的善意之網纏住了我們的手腳。

現在他莊嚴肅穆的從天而降儀式已經完成了，銅管樂器演奏的國歌也靜了下來，人人都坐下——而我立刻知道：這一切確實是最精緻的蜘蛛網，它繃得很緊，它在輕顫——再一會兒，它就會斷裂，就會有什麼想像不到的事發生……

我微微從座位上抬起身體，東張西望，我的眼睛看見了一雙雙可愛又焦慮的眼睛掃過一張又一張的臉。這時一名號民舉起了手，指頭動作幾乎不可察覺，他向另一人示意。接著是回應的信號，再來又一個……我總算明白了：這些是觀護人。我知道他們察覺了什麼事；蜘蛛網繃得太緊，在不停的輕顫。而在我心裡——彷彿是無線電接收器也調到了同樣的波長——我心裡也起了回應的輕顫。

舞台上有名詩人在朗誦一首選前頌詩，但我一個字也沒聽進去，只聽見一個六音步的鐘擺有節奏的擺動著，而每一分鐘都會把某個不知名的指定的鐘點給拉得更近。我仍急迫的掃視一排排的人——一張臉又一張臉，像翻書一樣——仍然找不到那一個，我要找的那一個。我必須要找到她，要快，因爲再一分鐘鐘擺就會滴答，而後……

他，是他，那是當然啦！下方，奔過舞台，那對玫瑰紅的招風耳滑過了閃爍的玻璃，奔跑的身體反映出一個黑黑的、上彎下彎的S。他匆忙趕向看台之間如棋盤交錯的通道。

S，I－330——他們之間似乎有什麼線連接著（我始終都感覺到這根線存在；我現在仍不明白是怎麼回事，但早晚有一天我會解開這條線）。我緊盯著他；他像團棉花球愈滾愈遠，身後拖著那根線。這時他停了下來，這時……

彷彿閃電般迅速、高壓的放電：我被刺穿了，扭成了一個結。在我這排，不到四十度的地方，S停了下來，彎下腰。我看見了I－330，在她身旁的竟是那個咧著一張厚嘴嘻嘻笑、噁心的R－13。

我當下的反應是想衝過去，大吼大叫：「妳今天爲什麼跟他在一起？妳爲什麼不要我……？」可是那無形的、善意的蛛網把我的手腳都纏住了，我咬緊牙關，鋼鐵一般僵直的坐著，眼睛死盯著他們。而此刻伏案的我，仍記得心臟尖利的刺痛。我那時想：如果非生理因素能夠導致生理痛苦，那麼很顯然……

可惜，我沒辦法歸納出個結論來，我只記得當時只有類似「靈魂」的字眼掠過心頭，是古人那句可笑的說法：「他的魂都飛了。」我變得麻痺。六音步岑寂下來，再來要開始……開始怎樣？

按照慣例選前的五分鐘休息。按照慣例選前的鴉雀無聲，可是卻不像以往祈禱似的、禮拜似的寧靜，而是像古人似的寂靜，那時我們的蓄電塔仍不知所蹤，未馴服的天空不時會有「風暴」肆虐。這種寂靜是古人那種暴風雨前的寧靜。

空氣是透明的鋼鐵，似乎必須要張大嘴才能夠呼吸。耳朵，緊繃到了疼痛的程度，記錄著。後面不知何處傳來的焦慮低語，像是嘴巴不停在動的老鼠。垂著眼瞼，我始終看著的是前面那兩人，I－330和R，並排而坐，肩挨著肩——而在我的膝蓋上，我那可憎的、不像我的那兩隻毛手在瑟瑟發抖……

人人手中都握著附有時鐘的胸章。一、二、三……五分鐘……舞台上傳來緩慢的、鋼鐵般的聲音：「贊成的人請舉手。」

只可惜我不能像以前一樣直視他的眼睛，直接而熱誠的大喊：「我把全部的我獻給你，接受我吧！」可是現在我卻不敢。我費了好大的勁，彷彿關節都生鏽了，很辛苦的舉起了手。

百萬隻手刷的一聲同時舉向天空。某人低低的「啊」了一聲，我覺得有什麼事情已經開始了，在筆直的往下掉，但我不知道是什麼，也沒有力量——沒有膽量——去看……

「有誰反對？」

這一刻向來是典禮中最肅穆的一刻：人人都文風不動的坐著，歡喜的戴著號民之首所給予的善意之軛，順服的低垂著頭。但是這一次，驚恐的我又聽見了沙沙聲，輕得像一聲嘆息，卻比銅管樂器吹奏出的國歌還要清楚。這一聲嘆氣會是一個人此生最後一次嘆氣，而他四周的臉孔每張都變得慘白，額頭上冷汗直冒。

我抬起眼睛，看見了……

只有百分之一秒的時間，我看見上千隻手舉了起來——表示「反對」——旋即放下。我看見I－330蒼白、形成X的臉，和她舉起的手。我的眼前一片漆黑。

又一次呼吸之間。停頓。沉默。我的脈搏。一瞬間，彷彿是某個發狂的指揮發出了信號，嘶吼聲排山倒海似的沖刷過整個看台，制服漩渦快速轉動起來，號民爭相逃走，觀護人向四面八方撲去，卻毫不起作用，有人在我眼前摔了個四腳朝天，有人張大嘴氣急敗壞的吼叫，卻聽不見聲音。不知爲什麼，這一幕卻比任何的景象更加深鐫在我的記憶中：上千張張著大口呼叫卻寂然無聲的嘴巴，就像是什麼詭異的電影畫面。

也像映在電影螢幕上一樣——下方不知何處，有一秒的時間，出現了O雪白的嘴唇。緊貼著通道的牆壁，她用雙手護著自己的肚子，隨後她就不見了，被人潮捲走了，也可能是我把她給忘了，因爲……

這不再像是看電影了——而是在我的心裡，在我收縮的心臟裡，在我如鎚搗的太陽穴裡。R－13從我頭上左邊突然跳上了長椅，他口水亂噴，滿臉通紅，發了瘋似的。而在他懷中是I－330，制服從一邊肩膀直破到胸前，紅艷的鮮血灑在雪白的……她緊緊摟住他的頸子，而他，像隻猩猩一樣的可厭敏捷，抱著她往上跑，從一張椅子蹦向另一張椅子。

就如古代失火現場，我眼前一切都變成了紅色，我只有一個想法：跳過去，抓住他。我自己也說不上來怎麼會有那個力量，但是我就像是一支破城槌，撞開了人群，踩著別人的肩膀和長椅前進，不一會兒我就趕上了他們。我一把攫住R的衣領。「你休想！你休想！喂，把她放下，現在就把她放下！」（我的聲音聽不見，因爲人人都在嘶吼，人人都在逃跑。）

「什麼人？幹什麼？幹什麼？」R回過頭來，亂噴口水的嘴唇抖個不停。他必然是以爲被觀護人給逮住了。

「幹什麼？我不准，我不准！把她放下來——立刻放下！」

他只是憤怒的閉上了嘴，轉過頭，又拔腿就跑。而在這一刻——我眞的是羞愧難當，可是我覺得我有必要、有必要記錄下來，好讓你們，我不知名的讀者了解我生病的始末——在這一刻，我朝他的腦袋揮拳。懂了嗎？我揍了他！我記得很清楚。而且我也記得那種得到渲洩的感覺，這一拳讓我的全身上下都輕盈了起來。

I－330立刻從他懷中溜了下來。

「快走。」她朝R大喊。「你還看不出來嗎？他……快走，R，快走！」

露出他黑人似的雪白牙齒，R對著我的臉噴了幾個字後，向下俯衝，消失了蹤影。而我抱起I－330，緊緊的摟住她，抱著她離開。

我的心跳好激烈——心臟脹得很巨大——每一次心跳，都有一波騷亂熾熱的歡喜在血管中流竄。誰又在乎那邊已經天翻地覆？有什麼關係！只要能抱著她，一直抱著她……

晚上二十二點

我費了一番功夫才能把筆握牢：今天早晨讓人應接不暇的事件讓我筋疲力竭。真的可能嗎？一體國那護庇的、悠久的城牆要傾圮了？我們又將沒有屋舍遮風避雨，落入自由的野蠻狀態，像遙遠的老祖宗一樣了？真的沒有造福者嗎？反對……在**全民一致日**？我真是羞愧，我爲他們痛心害怕。可是「他們」又是誰呢？我又是誰呢？「他們」，「我們」——我分辨得清嗎？

她坐在留有陽光餘溫的玻璃長椅上，就在看台的最頂端，是我把她抱上去的。她的右肩之下——那奇妙的，無法計算的圓弧——是赤裸的，還有一條最淡最淡的血痕。她似乎沒注意到流血，沒注意到乳房裸露……不，她早看見了——不過眼前這正是她需要的，假如她的制服完好無缺，她也會親手撕開，她……

「明天……」她貪婪的透過咬緊的晶瑩尖牙呼吸。「誰也說不準明天會怎麼樣。你了解嗎？我料不到，誰也料不到，明天是未知數！你知道已知的一切都結束了嗎？現在不管什麼都會是嶄新的，沒有先例，想像不到。」

下方，人海仍在沸騰，跑的跑，叫的叫。但那就像是距離非常遙遠的事，而且愈來愈遠，因爲她望著我，她用那對金黃的瞳孔小窗緩緩把我拉向她。久久的，默默的。我莫名其妙的想起了很久以前，我也有一次透過綠牆凝視著某人謎樣的黃眼睛，綠牆上空還有鳥在盤旋（還是另一次發生的？）。

「聽著：明天要是沒出什麼特別的事，我會帶你過去——你懂了嗎？」

不，我不懂。可是我默然點頭。我溶解了，我是無限小，我是個點……

這個情況畢竟是有它的邏輯的（今天的邏輯）：一個點所包含的未知數比什麼都多；它只需要稍微移動變換，就會變出上千條不同的弧線，和上千個不同的幾何體。

而我害怕變動：那我會變成什麼？而我覺得人人都像我一樣怕極了最輕微的變動。

在我記錄下這一切的時候，人人都坐在自己的玻璃牢房裡，等待著什麼。我沒聽見電梯像往常一樣在這個鐘點轉動，我沒聽見笑聲，也沒有腳步聲。偶爾我會看見有兩三個人踮著腳尖走在走廊上，扭頭張望，竊竊私語……

明天會發生什麼事？明天我會變成什麼樣？

札記二十六

提綱：世界仍存在
出疹子
攝氏四十一度

早晨，透過天花板望出去，太陽和以往一樣，穩穩的，圓圓的，紅潤飽滿。我覺得要是我看見頭頂出現了方形的太陽，人們穿著五顏六色的獸皮，牆壁變成了不透明的石頭的話，我可能反倒比較不那麼震驚。這是不是說世界——我們的世界——仍然存在？抑或這只是慣性使然？發電機早就關閉了，但是齒輪仍咔嗒響，仍轉動著——兩次迴轉、三次，第四次就會停止……

你經歷過這種奇異的情況嗎？你在夜晚醒來，睜開眼睛，看見的是一片漆黑，突然間你覺得你迷失了方向。然後你很快的摸索著四周，尋找熟悉的東西，穩固的什麼——

牆啦、檯燈啦、椅子啦。我就是像這樣子在摸索，翻閱著《一體國官報》——快點，快點，終於找到了：

昨天我們慶祝全民一致日，這是人人耐心等待許久的大日子。在過去許多狀況中都展現出堅定不移的智慧的造福者，在全體一致同意下第四十八度當選。但昨日慶典發生了一些小騷動，是由與幸福爲敵的人所策動的。不用說，這些人失去了成爲一體國地基上磚頭的權利——這個地基經過昨天的選舉而獲得更新。人人都清楚，若把這些人的票也加入計算，實在太荒謬可笑了，那就像是在演講廳裡把某些病人的咳嗽，也當做是偉大的英雄交響樂裡的音符一樣荒唐。

英明的造福者啊！我們是不是獲救了呢？說眞的，對這麼晶瑩剔透的三段論法有誰會提出反對呢？

接著還有兩行：

今天十二點行政局、醫務部、觀護人公所會舉行聯合會議。接下來幾天將會有重要的國家法案通過施行。

沒事，城牆仍然完整，就在這裡，我能感覺到。而我不再有那種怪異的感覺，以爲自己迷失了，以爲自己置身不知名的所在，不知道該走哪條路。而我看見藍天、圓圓的太陽也不再驚訝了。而每一個人——一如往常——都要去上班。

我沿著馬路走，腳步格外堅定，格外有力，我覺得人人都以同樣的肯定走著。可是在十字路口轉彎的時候，我看見了每個人都遠遠避開了轉角的那棟建築——彷彿那裡發生了管線爆炸，冰水狂噴而出，害得人行道無法通行似的。

又走了五步，十步，我也被冰水當頭罩下，哆哆嗦嗦的躲開了人行道……在兩米高的地方吧，貼了一張紙，只用綠色寫了兩個字，教人看不懂，卻心生寒意：

梅菲

而在紙張下方，只見那個S形的背面，透明的招風耳，不知是因爲憤怒還是興奮而輕顫著。他舉著右手，左手無助的向後伸，像隻受傷的、斷掉的翅膀。他正向上跳，想要把紙撕下來，但卻搆不著，每次都差那麼一點。

每個路過的人八成都被同一個想法打斷：要是我走過去，眾多的人裡頭就我一個，那他豈不是要以爲我心裡有鬼，所以才會想要……

我承認我心中也是這麼想的。可是我回想起有許多次他眞的是我的守護天使，有許多次他救了我——於是我大著膽子走過去，伸出手，扯下了那張紙。

S轉過身來，立刻把他那隻鑽子眼鑽進我心底，鑽到最底層，找著了什麼。接著他挑起了左眉，朝剛才還貼著「梅菲」的牆面眨了眨眼，又朝我閃了一抹微笑，那抹微笑似乎快活得嚇人。不過說話回來，其實是沒有什麼好訝異的。醫師總是寧可要病人在潛伏期出疹子，一下子燒到四十度，也不要是緩緩上升的熱度：起碼是什麼病就會一清二楚。今天散布在牆上的「梅菲」就是疹子。我了解那抹笑的含意①。

走進了地下道，腳下那一塵不染的玻璃階梯上又是一張白紙：梅菲。而在下面的牆上、椅子上、車子的鏡子上（顯然是匆匆貼上的，因為貼歪了），到處都見到同樣雪白駭人的疹子。

寂靜中車輪的聲音格外清晰，就像是著火的血液般吵雜。有人肩膀被碰了一下，他嚇得跳了起來，掉了一捲紙。我的左邊，有個人一次又一次讀著報紙的同一行，報紙還微微顫抖。我感覺到無論哪裡的脈搏——車輪、手、報紙、眼睫毛——都跳得愈來愈快，愈來愈快。也許，今天我和I-330到那裡之後，溫度會上升到攝氏三十九度、四十度、四十一度——溫度計上的黑線會直往上竄……

船塢裡也是同樣的寂靜，宛如遠方隱形的推進器嗚嗚的響著。機器默然佇立，閃爍著亮光。唯有起重機在滑行，幾乎沒有發出聲音，彷彿躡手躡腳的行動著，哈著腰，手爪子裡緊揪著一塊塊的淡藍冷凍空氣，裝入**整體號**的空氣槽：我們已經準備好要試飛了。

「你看我們能在一個禮拜之內裝好嗎？」我問副建造人。他的臉像精緻的磁器，妝點著甜蜜的淺藍色和優雅的玫瑰紅花朵（眼睛、嘴唇）；但是今天他卻好像有些褪色，有些磨損。我們大聲計算，但是我在話說一半的時候突然愣住，站在那裡張大了嘴：就在高高的小圓頂下方，在起重機剛舉起的藍色方塊上，隱約可見一個白色方塊，一張貼上去的紙。我整個人都在打顫，難道是因爲笑嗎？是的，我聽見自己大笑（你知道聽見自己笑聲的感覺嗎？）。

「不，不……」我說。「想像一下你在古代的飛機上：高度計指著五千米，翅膀卻啪的一聲折斷了，你就像隻翻跟斗的鴿子一樣拚命往下墜，一面掉你還一面計算：『明天，十二點到兩點……兩點到六點……六點——晚餐……』這不是很荒唐嗎？可是現在這就是我們的寫照啊！」

那藍色的小花騷動，膨脹了起來。如果我是個玻璃人，而他在三、四個小時之後就會看見……

注釋

① 我必須承認我一直到許多天之後，發生了最詭奇、最出乎意料之外的事件之後，我才發現這抹笑的真正含意。（作者注）

札記二十七

提綱：無——不可能

我一個人在漫無止盡的長廊上——同一條，古屋下面。一片瘖啞的混疑土天空，不知哪裡傳來滴水聲。眼前是熟悉的、沉重的、不透明的門——門後還有壓低的嗡嗡聲。她說十六點整她會出來接我，可是現在都已經過了五分鐘了，十分鐘了，十五分鐘了——還是一個人也沒有。

一時間我又是那個舊的我，深恐門會打開。再五分鐘，要是她再不來……

不知哪裡傳來滴水聲。一個人也沒有。既焦急又喜悅的我覺得——我獲救了。我慢吞吞沿著長廊往回走，天花板上一排明滅不定的燈泡愈來愈暗，愈來愈暗……

冷不防間，我身後有一扇門匆匆推開，接著是急促的腳步聲，輕輕在牆壁間、天花板上迴盪——她來了——輕盈，空靈，因爲跑步而略有些喘不過氣來，口中吐出呼吸。

「我就知道妳在這裡，妳一定會來！我知道——妳，妳……」

她那長矛般的眉向兩旁打開，讓我進去——而……該如何形容它對我做了什麼？這古老的、荒謬的、奇蹟似的儀式，在她的唇貼上我的唇之時？什麼公式能夠表達那把我靈魂中的一切都掃除掉，唯獨留下她的風暴？是的，是的，我的靈魂——想笑就儘管笑吧。

緩緩的，費力的，她抬起了眼皮；而她的話也緩緩的，費力的出口。「不，夠了……等晚一點。我們先走吧！」

門打開了，露出了樓梯——破舊古老的樓梯，還有教人難忍的混雜噪音，咻咻響，輕輕的……

那是將近二十四小時前的事了，而我心中的每個角落多少也都安頓了下來。可是要想描述發生的事，即使只是粗略的概述也是極端困難的。那就像我的腦袋裡有顆炸彈爆炸了，張大的嘴、翅膀、吼叫、樹葉、語聲、岩石——一古腦兒都堆了上來，一堆挨著一堆，一個接著一個……

我記得我第一個想法是：快點，快往回衝！我認爲事情很明顯：我在長廊等待的時候，他們不知用什麼辦法炸毀了或是摧毀了綠牆。綠牆外的東西都爭先恐後湧了進來，淹沒了我們這座早已脫離下層污穢世界的城市。

我必然是對I－330說了類似的話，因爲她笑了出來。「喔，不是的！我們只是來到了綠牆外面罷了。」

我瞪大了眼睛：這些景物眞實的呈現在我眼前，這是沒有任何活著的人看過的景色，因爲隔著厚重的玻璃綠牆而縮小了一千倍、去除了聲音、隱晦了色彩、模糊不清。

那太陽……不是我們的太陽，不是把陽光平均灑落在鏡面般光滑的玻璃路面上的太陽。這裡的光線是活的，片段的，持續變換的斑點，讓人目眩，讓人頭暈。還有樹木，像蠟燭一樣插入天際；像是長了多節多瘤的爪子的蜘蛛蹲伏在地上；像是無聲的綠色噴泉……而且不管什麼都在爬，在動，在沙沙響……某種毛茸茸的小球從腳下衝出來，我嚇得凍結在原地，不敢跨步，因爲在我腳下不是平坦的表面──你了解嗎？──不是穩固平坦的路面，而是什麼軟得讓人噁心，有彈性的、綠綠的、活生生的玩意。

我啞口無言，倒抽了口涼氣，窒息了──也許這才是最精準的形容。我站在那裡，兩手緊抓住某根搖晃的樹枝。

「沒關係，沒關係！一開始都這樣，一會兒就過去了。別害怕！」

I－330旁邊，襯著令人眼花撩亂的跳動綠網，出現了某人極薄的剪影，紙片一般的薄……不，不是某人──我認識他，我記得──是那個醫生。不，不，我的心裡很清楚，我什麼都看見了。這會兒他們在笑，他們抓住了我的胳膊，拖著我向前走。我的兩隻腳似乎打結了，我向前滑動。在我們面前是苔蘚、小丘、吱嘎聲，呀呀喊、小枝、樹幹、翅膀、樹葉、哨聲……

突然間樹木分開來，露出一塊綠意盎然的空地，空地中——有人……也可能是……我不知道該如何稱呼他們——也許更精確一點該說是生物。

而最困難的一刻來了，因爲這裡超脫了一切可能性的界限。現在我明白爲什麼I-330死都不肯談這件事：反正說了我也不會相信——就算是出自她口，我也不會相信。也許到了明天連我自己都不會相信自己，連我親筆寫下的札記我也不會相信。

空地上，圍著塊骷髏一樣光禿禿的岩石，有一群三四百……「人」——我只得用「人」這個字——很難用別的字眼去稱呼他們。就和我們的廣場看台上一樣，起初你只會看見熟悉的臉孔，在這裡我也是第一眼就看見了我們灰藍色的制服。再過一秒鐘，在制服之間清楚的出現了黑色的、紅色的、金黃的、赤褐的、黃棕雜色的、白色的人——他們一定是人。這些人沒有一個穿衣服，只用獸皮蔽體，那短小光滑的獸皮就和我們在史前博物館看見的馬匹標本身上的皮毛一樣。但是女性的臉孔卻和我們的女性一模一樣：紅潤，無毛；她們的胸部也是——大而堅實，呈美麗的幾何形。男性的臉孔則只有部分沒有毛髮——和我們的祖先一樣。

這一切實在太不可思議了，太教人意外了，我鎮定的立在原地（沒錯，鎮定的！）仔細的看。這就和使用天平一樣：一邊若是超重，那麼無論你再往上加多少重量，指針就是分毫不動。

突然間，我只有一個人。I-330沒跟我在一起——我不知道她是消失到哪裡去了，也不知她是怎麼消失的。我的四周只有這些生物，他們毛茸茸的身體像絲綢般在陽光下發亮。我抓住了某人滾燙、結實、烏黑的肩膀。「看在造福者份上，告訴我——她到哪兒去了？她剛才還在，一分鐘以前還……」

兩道濃眉轉了過來。「噓—噓！安靜！」他朝空地中央，朝那塊骷髏似的岩石點了點頭。

有了，在眾多頭顱之上，在眾人之上，我看見了她。陽光在她身後照耀，筆直射入我的眼睛，使她整個人凸顯出來，煤炭一樣黑，抵著那幅藍天——一條焦黑輪廓嵌在藍色裡。頭頂上有幾團白雲飄過，感覺起來倒不是雲在飄，而是岩石，她本人，人群和空地都像艘船一般默默的飄滑，而大地本身也變輕了，也在我腳下飄浮……

「弟兄們……」她開口。「弟兄們！大家都知道：在那邊，在綠牆後面的城市裡，他們在建造**整體號**。大家也知道：我們拆毀綠牆——所有圍牆——的那一天已經到來了，我們要讓綠風從地球這頭吹到那一頭，沒有阻礙。可是**整體號**打算把這些牆帶到上面，帶到高空，帶到成千上萬個其他的星球去，**整體號**的火焰會透過黑色的樹葉簇簇燒過來，燒到你們這裡……」

波浪、泡沫、風拍打著石頭：「毀掉**整體號**！毀掉**整體號**！」

「不，弟兄們，不要毀滅它。但是**整體號**必須要落入我們的手中。到它第一次升空的那天，我們會坐上去。因爲**整體號**的建造人現在就在這裡，他從綠牆後出來了，他是跟我一起來的，來和大家在一起。建造人萬歲！」

一剎那間，我被抬了起來。而在我下方盡是頭顱、頭顱、頭顱、張大口吼叫的嘴巴，舉高揮舞又放下的手臂。這一幕非比尋常，令人陶醉：我覺得自己在眾人之上。我是我，一個分開的實體，一個世界。我不再像以前一樣是個元素，我變成了單位。

而現在——我的身體如同溫存過後那麼快樂又慵懶——我到了下方，來到岩石旁。陽光璨爛，人聲高昂，I-330微笑。有一名黃金秀髮，渾身上下如絲綢般金黃的女性出現，渾身散發出青草的芬芳。她雙手捧杯，顯然是一只木杯，用紅艷的唇啜了一口，把木杯遞給我，我閉著眼睛，爲了要澆熄火焰，我貪婪的掬飲那甜蜜的、嗆人的、冰冷的、濃烈的火花。

之後，我的血液和整個世界都快了一千倍，輕盈的地球飛快向下旋轉，一切都輕飄飄的，簡簡單單，清清楚楚。

接著我看見了那巨大熟悉的字「**梅菲**」出現在石頭上，不知如何，我只覺得這樣才對。這是把萬事萬物都連接起來的那條強韌的、簡單的線。在這同一塊石頭上，我看見了一幅粗糙的畫像：一名生了翅膀的青年，身體是透明的，本來應該是心臟的位置反而有一塊耀眼的深紅色煤炭。而且，我了解這塊煤炭……不，該說是我感覺得到它——就像，用不著聽，我能感受到每個字（她正站在那塊石頭上說話）。我也感覺到每個人都一起呼吸——而且每個人都會一起飛到某處，像是那天綠牆上空的鳥一樣……

後面呼吸聲很密集的地方傳來一個很大的聲音說：「這簡直是發瘋了！」

接下來我似乎是覺得我——沒錯！我相信就是我——跳上了石頭。陽光，頭顱，一條鋸齒狀的綠線襯著藍天，我大吼著：「對，對，發瘋！大家一定要發瘋，一定要！愈快愈好！這是必須的，我知道。」

我旁邊是I-330，她的微笑——兩條幽黑的線，從她的嘴角延伸出來——向上翹，形成一個銳角。而那塊火熱的煤炭變成在我心裡，這一切又快又容易，只有一點痛，一點美……

之後，剩下的只是破碎的、分開的片片斷斷。

頭頂上緩緩飛過一隻鳥，我看見了：牠是活的，跟我一樣。牠像個人一樣把頭向右轉，向左轉，又黑又圓的眼睛鑽子一樣鑽進我心裡……

又一個片斷：一個人的背，毛皮閃亮，像是老象牙的顏色。一隻黑色昆蟲，翅膀透明細小，在他背上爬，那人背部肌肉抽動，想趕走蟲子，肌肉又抽動一下……

另一個片斷：樹葉的影子如網狀交錯。人們在樹蔭下躺著，嚼著什麼類似傳說中的古代食物——一根長形黃色的水果和一片黑色的東西。有個女人把那東西塞進了我的手，好笑的是，我不知道能不能吃。

再來：一群人，數不清的頭、腳、手、嘴。臉孔一張張閃過，隨即消失，像泡沫一樣破掉。過了一會兒——還是說這只是我的感覺？——出現了透明的、飛翔的招風耳。

我用盡全力捏了I-330的手。她回過頭來。「怎麼了？」

「他在這裡……我覺得……」

「他？誰呀？」

「S……一分鐘之前，在人群裡……」

煤黑的細眉挑到了太陽穴上：銳角三角形，一抹笑。我不明白她爲什麼笑，她怎麼還能笑得出來？

「妳不懂嗎？妳不懂萬一他或是他們之中任何一個在這裡，會有什麼後果嗎？」

「傻子！綠牆裡面會有什麼人想到我們在這裡嗎？你自己想想——你曾想過今天的事有可能發生嗎？他們在牆裡面獵捕我們——只管請便！你是在做夢。」

她淡然而笑，笑得放心，我也微笑。地球——醺醺然，翩翩然，欣欣然——飄浮著……

札記二十八

提綱：兩個女人
熵和能
人體的不透明部位

如果你們的世界就和我們遙遠的祖先一樣，那就請想像一下你在汪洋中撞見了第六洲、第七洲——某座亞特蘭提斯城，有著迷宮般的奇幻城市，人們在天空翱翔，不需要翅膀或飛車，只需要瞧一眼就能抬起岩石——換句話說，就是即便你患了做夢症也絕對意想不到的事。我昨天的感覺就是這樣。因爲，你瞧——我之前就說過了——自從兩百年戰爭之後，我們就沒有一個人曾到綠牆之外過。

我知道：我的職責是要讓諸位我不知名的朋友們知道，讓你們更加詳盡的知道昨天我親眼目睹的光怪陸離的世界，可是我還是沒能夠下筆。嶄新的事件有如後浪推前浪，我沒辦法毫無遺漏：我撩起制服下襬，我攤開掌心，可是一整桶的水倒下來，也只有幾滴落在我的札記上。

起初我聽見門後有宏亮的聲音，我聽出那是I-330的聲音，堅定，鏗鏘有力；還有另一個人——幾乎毫無彈性，像把木尺——是U的聲音。接著我的門砰的一聲飛開，兩個女人砲彈似的射入我的房間。對，一點也不誇張——砲彈似的。

I-330一手按著我的椅背，扭頭從右肩向另一人微笑，露出森森白牙。換作是我，我可不願意面對這樣的微笑。

「你看，」I-330對我說，「這個女人，看起來是把你當小孩子了，儼然以你的保護人自居，不讓我見你。難道這是你的意思嗎？」

另一個女人，她的魚鰓氣得發抖。「沒錯，他是個小孩子，他就是！所以他才會看不出來妳跟他是……純粹是爲了……這只是一場遊戲。沒錯！我就是有責任要……」

一時間，我瞥見鏡中我那對眉毛上下跳動，我從椅子上跳了起來，很艱難的管束住了另一個揮舞著毛茸茸拳頭的我，很費力的從齒縫中擠出每一個字來，我把每個字都擲向她，筆直擲向那對魚鰓：「出去！現在就出去，出去！」

魚鰓向外鼓脹，磚頭一樣紅，隨即洩了氣，變成了灰色。她張嘴想說什麼，但什麼也沒說，猛的閉緊嘴巴，走了出去。

我衝向I-330。「我永遠也不會，永遠也不會原諒自己！她竟敢這樣對妳？不過妳不會以爲是我的意思吧？她……她……都是因爲她想要登記我，而我……」

「幸好，她不會有時間去登記，我也不在乎是不是還有一千個女人跟她一樣。我知道你會相信我，而不是那一千個女人。因爲，經過了昨天的事之後，我對你是完全的開誠布公，一點隱瞞都沒有，跟你希望的一樣。我現在是落入你的手掌心裡了——你隨時可以……」

「這是什麼意思——我隨時可以？」話一出口我立刻恍然大悟，熱血衝上了我的耳朵、我的臉頰，我大喊：「不要，不要再這麼說了！妳知道是另一個我，那個舊的我，而現在……」

「誰知道呢？人類就像是一本小說：要翻到最後一頁你才會知道結局是什麼，否則就不值得一讀了……」

她輕撫我的頭。我看不見她的臉，但是我能從她的聲音聽出來：她正看著遠處，非常遙遠的地方，她的眼睛被一朵雲吸引住，無聲的飄著，慢條斯理的，不知道飄向何方……

突然間，她把我推開，動作很堅定卻很溫柔。「聽著，我是來告訴你，這可能是最後幾天我們……你知道——今晚的演講廳課程取消了。」

「取消？」

「對。我經過的時候，看見了——他們在演講廳不知道在準備什麼：排了桌子，還有穿白袍的醫生。」

「這是什麼意思?」

「我不知道,目前為止沒有人知道,最糟糕的地方就在這裡了。可是我感覺到——電流已經打開了,火花也冒出來了。不是今天就是明天了……可是也許他們不會有足夠的時間。」

我早就不去追究「他們」是誰,「我們」又是誰了。我不知道自己要什麼——我是想要他們有足夠的時間,或是沒有足夠的時間?我只清楚一件事:I-330現在正走在剃刀邊緣,而且隨時……

「這簡直是發瘋了。」我說。「你們,對抗一體國。那就跟把手放在槍口上想要阻止子彈一樣,根本就是發瘋!」

一抹微笑。「大家一定要發瘋——愈快愈好。昨天有人才這麼說過,你記得嗎?在那外面……」

對,我還寫了下來。因此,昨天真的發生過。我默默瞪著她的臉:現在那幽黑的X格外的清楚。

「親愛的,在為時已晚之前……如果妳需要,我可以拋下一切,我會把一切遺忘——我們一起走,到綠牆外面去,去找那些……隨便他們是誰都行。」

她搖頭。從她那雙幽窗似的眼中,從她的心底深處,我看見了一個烈火熊熊的火爐，堆著一疊乾柴火，火花四濺，火舌飛竄。我很清楚：太遲了，我再說什麼也無濟於事……

她站了起來，她馬上就會離開了。這些天可能是我最後幾次——也許是最後幾分鐘……我抓住了她的手。

「不！再等一會兒——看在……看在……」

她緩緩舉起我的手，我深惡痛絕的毛手，舉到燈光下。我想要抽手，但是她牢牢握著不放。

「你的手……你不知道——很少人知道——城裡有些女人會愛上那邊的男人。你一定也有一些晴朗的森林血液，所以我才會……」

沉默。怪的是，這份沉默，這份空盪卻讓我的心臟狂跳。我大喊：「啊！妳不能走！妳得先把話說清楚，因爲妳愛……他們，而我連他們是誰，打哪兒來的都不知道。他們是誰？我們失去的那一半嗎？H_2和O？爲了要得到水——河流、海洋、瀑布、波浪、暴雨——這兩半必須要結合起來成爲H_2O……」

我清楚記得她的一舉一動。我記得她從桌上拿起了我的玻璃三角板，在我講話的時候，她把銳利的邊貼著臉頰，臉頰上出現了一條白痕，接著變成粉紅色，旋即消失了。奇怪的是，我想不起來她說了什麼，尤其是一開始的時候，我只記得片片斷斷的影像和顏色。

我知道一開始她提到兩百年戰爭。我看見了青綠的草地上，黑黑的黏土上，藍藍的雪地上有紅色，是永不乾涸的紅色池塘。其次是黃色，太陽烤焦的草，赤裸裸的，黃色的毛茸茸的人和毛茸茸的狗待在一起，在腫脹的屍體附近——可能是犬科動物的屍體，也可能是人類的屍體……這當然是在綠牆之外。因爲本城早已征服了，城市中的我們有了現在的食物，石油合成食物。

而且幾乎就從頭頂的天空開始，一路下來到地面，被一條條漆黑的、沉重的、搖擺的窗簾所籠罩，原來是柱子一般的煙緩緩從森林和村莊升起。悶悶的嘶嚎聲——漆黑的、無止盡的隊伍被趕向城市，人們被強迫獲救，被教導快樂。

「這些事情你差不多都知道了？」

「對，差不多。」

「可是你還是不知道——很少人知道——有一小群人倖存了下來，留在那裡，在綠牆外頭。赤身露體的他們退到了森林裡，他們學會了怎麼靠樹木，靠動物鳥類，靠花草太陽維生。他們長出了一層毛皮，可是在毛皮下他們保存了他們熾熱鮮紅的血液。而你的情形更糟：你被數字給淹沒了，數字就像跳蚤爬滿了你全身。應該要把你的一切都剝奪了，把你赤條條的趕進森林裡，讓你學會因爲恐懼、因爲喜悅、因爲狂怒、因爲寒冷而顫抖，學會爲了生火而祈禱。而我們，我們這些**梅菲**——我們想要……」

「等等！『**梅菲**』？這是什麼意思？」

「梅菲？這是古代的名字，是一個……你記得嗎？在那邊，岩石上畫的青年像？不，算了，我還是用你聽得懂的說法來解釋吧，這樣你比較容易了解。世界上有兩種能量——熵①和能。一個可以造成幸福的寧靜，一個可以摧毀均勢，造成無止無休的運動。我們的——不，應該說你們的——祖先，基督徒把熵當上帝一樣崇拜。但是我們這些反基督徒的人，我們……」

就在這時，門上響起了幾不可聞的敲門聲，而那個生了一張向內凹的臉，額頭被推到腦袋裡的那個男人，經常幫我捎I－330的短箋來的那個人闖了進來。他衝向我們，煞住腳步，呼吸像幫浦一樣吃力，說不出話來。他必定是以全速跑來的。

「怎麼了？出了什麼事？」她一把攫住他的手。

「他們來了——來這兒……」他終於喘著氣說。「觀護人……其中有那個——哎，妳叫他什麼來著……跟個駝背一樣……」

「S？」

「對！他們就在這裡，在這棟屋子裡。他們馬上就到了。快點！快點！」

「別慌！還有時間……」她笑出聲，在她眼中——火花，熊熊的火舌。

這要不是鹵莽的愚勇就是什麼別的，我仍弄不清楚的什麼別的。

「看在造福者的份上！妳一定得了解——這是……」

「看在造福者的份上？」銳角三角形——一抹笑。

「那，好吧……看在我的份上……我求求妳。」

「這還差不多。我還有件事得跟你說……哎，好吧，明天……」

她愉快的（對，沒錯，愉快的）朝我點頭；另一個男人的眼睛從額頭裡探出來片刻，也點點頭。不到一會兒，房裡就剩我一個人了。

快點，趕到桌前，我打開了札記，拿起支筆。必須要讓他們發現我正在用功，為了一體國的利益在用功。突然間，我頭上的每根頭髮都活了過來，一根根分開，抖動個不停：萬一他們拿了我的札記，隨便讀了一頁我最近記的心得呢？

我坐在桌前，一動不動——而且看見四壁在發抖，我手中的筆在發抖，紙上的字都在晃動，都花掉了……

藏起來？可是要藏哪兒呢？什麼都是玻璃做的。燒了吧？可是隔壁的人，走廊的人會看見火光。再說，我做不到。我再也無能為力摧毀屬於我的這苦惱的——也可能是最珍貴的——一部分。

走廊那頭人聲足聲雜沓，我只有時間抓起一疊札記，塞進我的屁股下。這下子我給釘在椅子上了，而椅子的每個原子都在發抖。還有我腳下的地板——像船上的甲板，上下起伏不定……

我縮成了小小的一團，捧著額頭，用眼角餘光偷偷的瞄，看見他是一戶接一戶的查，從走廊的最右端開始，愈來愈近，愈來愈近……有些人呆若木雞的坐著，跟我一樣；有些人跳起來迎接他們，大方的拉開門——眞是幸運的傢伙啊！要是我也能……

「造福者是最完美的消毒劑，人類不可或缺的一環，因此在一體國這個有機體中沒有任何的蠕動……」我握著不聽話的筆寫下了這些不知所云的句子，身體彎得更低，而我的腦袋裡卻盡是瘋狂的亂鳴聲，我的背先感覺到門把喀嗒一聲。一陣風吹進來，我身下的椅子震了一下……

我費了一番力氣才放下了筆，轉身面對我的訪客（玩遊戲眞是太難了……今天誰跟我說過遊戲來著？），帶頭的人是S，陰鬱沉默的S立刻就用兩隻眼睛在我身上、椅子上，壓在我手下發抖的紙張上鑽了兩口井。一秒鐘過去，在眾多熟悉的、每天在門口會看見的臉孔中分出了一張臉來——膨脹的臉，長了褐中帶粉紅的魚鰓……

我想起了半個小時之前在這個房間裡發生的事，很顯然再過一分鐘她就會……我整個人都在悸動，我遮蓋住手稿的那部分身體（幸好是不透明的）脈搏加快。

U從後面上前來，小心翼翼的碰了碰S的衣袖，壓低聲音說：「這是D-503，整體號的建造人，你一定聽過他的名字。他總是在房間裡工作，伏案寫東西……一點時間都不肯浪費！」

而我卻……哎，好個了不起的女人啊！

S向我滑行過來，俯在我的肩膀上，看著桌子。我想用手肘遮住我寫的東西，但他厲聲大喊：「把手肘下的東西拿出來，快點！」

我羞得滿臉通紅，把紙張交給了他。他讀了一遍，我看見他的眼中閃過一絲笑意，笑意往下竄，落在他的右嘴角上，嘴角微微抖了一下……

「有點模稜兩可。不過……請繼續寫吧！我們不會再打擾你了。」

他啪噠啪噠走開，像是涉過池塘，朝門口而去，而他每跨出一步，我的腳、我的手、我的手指就多恢復一點知覺。我終於能夠呼吸了。

但是事情還沒完：U在我的房間裡又逗留了一會兒，她走過來，探向我的耳朵，低聲說：「算你運氣好……」

她這是什麼意思？

稍晚我得知他們帶走了三名號民，不過沒有人大聲談論這件事，也沒有人談論最近幾天的情況（那是因為受到深植在我們心中的觀護人的教育所影響）。一般的談話都繞著溫度快速下降，天氣改變了這個話題打轉。

注釋

① 表示原子排列與運動狀態的渾沌性以及不規則性的量度。

札記二十九

提綱：臉上的線
嫩芽
非自然的壓縮

說來也奇怪，氣壓計下降，卻不見起風。好寧靜。頭頂上某處我們仍聽不見的風暴已經開始醞釀了。雲朵發了狂似的飛滾，但暫時只是稀稀落落的幾片雲，零星的不規則碎片。感覺上倒像天空上已經有座城市被推翻了，殘破的圍牆和高塔倒場下來，以駭人的速度在我們眼前擴大——愈來愈近，可是在掉到最底層，也就是我們的位置之前，還是會在無窮的藍天中飛翔。

而在這裡，下方的世界，是一片寂靜。空氣中飄飛著稀薄、不可解、幾乎隱形的絲線。每年秋天這些線就會從外面，從綠牆之外吹進這裡。它們慢慢的飄浮——一眨眼間你會感到你的臉上多出了什麼不舒服的東西，你想要拂掉，可是怎麼拂就是拂不掉，你就是沒辦法把它給弄掉。

在沿著綠牆的地方這類絲線尤其多，我今天早晨在這裡散步，I-330要求我到古屋和她碰面——在我們的舊「公寓」裡。

我正逐漸接近不透明的古屋，忽然聽見身後有急促的腳步聲和上氣不接下氣的呼吸聲。我轉頭看去，竟然是O在後面追我。

她整個人都圓滾滾的，圓得很特別，竟然像是圓得很圓滿。她的手臂、乳房、整個身體，我是那麼的熟悉，都鼓了起來，圓潤潤的，撐著她的制服；乍看之下那薄薄的衣料似乎隨時會撐破，把她的身體暴露在陽光下。我心裡想：外面那裡，綠色的叢林裡，到了春天嫩芽就頑固的要破土而出——急著把枝葉送出來開花。

她沉默了好幾秒，藍眸神采奕奕的望著我的臉。

「我在**全民一致日**那天看見你。」

「我也看見妳了……」我立刻想起了她站在底下狹窄的走道上，緊貼著牆，雙手護著她的肚子。我不由自主的瞧了一眼，制服下她的肚子圓滾滾的。

她顯然是注意到了我的目光，臉蛋泛紅，還綻開粉紅色的笑容：「我好快樂，好快樂……整個人滿滿的——你知道，滿得快溢出來了。我四處走，什麼也聽不見，只聽見我身體內的……」

我默不吭聲。我臉上有種怪怪的東西，攪得人不安，可是我甩不開它。就在這時候，她的藍眼睛亮著光采，她抓住我的手——我感覺到她的唇貼了上來……這是我這輩子第一次的經驗。這是某種未知的、古老的愛撫——弄得我既羞又愧，我（也許是太粗魯了）立刻把手抽開。

「妳神智不清了！不，不……我是說，妳……有什麼好高興的？妳難道忘了等在妳面前的是什麼下場嗎？就算現在沒事，再一個月，兩個月……」

她身上的光黯淡了，她的圓潤都枯萎收縮了。而在我心裡，感覺到一種不愉快的、痛苦的壓縮，是一種憐憫的情緒（可是心不過是個理想的幫浦；壓迫，收縮，使用幫浦來汲取液體，在技術上來說十分的可笑，因此很顯然，諸如「愛」、「憐憫」等等造成壓縮的無稽之談有多麼的愚蠢，多麼不自然，多麼病態）。

沉默無言。左邊是綠牆霧濛濛的綠玻璃，前方是暗紅色的巨宅，這兩個顏色混合起來，在我心中製造出我認爲是絕妙的主意。

「等等！我知道該怎麼救妳。我來幫妳逃開見到妳的孩子之後就難逃一死的命運。妳可以養育它——妳知道嗎——妳可以看著它在妳懷裡長大，變圓，變滿，像水果一樣成熟……」

她劇烈顫抖，緊揪著我。

「妳記不記得那個女人……很久以前那一次，我們散步的時候？她也在這裡，在古屋裡。跟我一塊去找她；我保證，什麼事情都會馬上安排妥當。」

我已經在心中看見我和I－330一起，帶領她穿過長廊——我看見她在那裡，在花朵、青草、樹葉之間……但她卻退縮了，玫瑰紅嘴角輕顫，垂了下去。

「是那一個。」她說。

「我說的是……」我不知爲何感到尷尬。「呃，對，是她。」

「而你要我去找她——去求她——求她……你休想再跟我提起這件事！」

她傴僂著迅速離開了，但是彷彿像想起了什麼似的，她又轉過來，喊道：「死就死——我不怕！而且我的死活跟你無關，要你管什麼閒事？」

寂然無聲。一片片的藍牆和高塔從天空崩落，以駭人的速度愈變愈大，可是它們必然還是會在無垠之中飛上個幾小時，甚至幾天。無形的絲線緩緩的飄動，落在我臉上，完全不可能抖落，不可能擺脫得掉。

我慢吞吞的走向古屋。在我心中，有種荒謬的、苦惱的壓縮……

札記三十

提綱：最後的數
伽利略的錯誤
難道不會更好？

我現在記錄的是昨天我和I－330的談話，地點是古屋，在那些喧囂斑雜的色彩中——紅的、綠的、黃銅的、白的、橘的——震愕了心智，粉碎了邏輯的思考……而且自始至終都面對著那個鼻子像哈巴狗的古代詩人那抹冰凍的大理石笑容。

我把這段對話以文字重現——因為我覺得這段話對於一體國，不，是整個宇宙的命運有著決定性的影響。再者，我不知名的讀者，你們或許能從中找出什麼來支持我的看法……

I－330開門見山的跟我說了，毫無矯飾。「我知道**整體號**就要第一次試飛了，就在後天。那天我們要奪下它。」

「什麼！後天？」

「對，坐下來，冷靜一下。我們連一分鐘都不能浪費了。昨晚觀護人隨機抽查的上百個人裡，有十二個是**梅菲**。要是我們拖個一兩天，他們就會送命。」

我默不作聲。

「爲了要觀察試飛，他們會派你們這些電機工程師、技師、醫師、氣象學家出席。十二點整的時候——記清楚了——午餐鐘聲一響，大家都會到餐廳去，我們會留在走廊上，把他們都鎖在餐廳裡，到時**整體號**就是我們的了……你懂了嗎？一定得這麼做，不計代價。一旦**整體號**落在我們手上，我們就有了武器可以快速無痛的了結這一切。他們的飛車——哈！只不過是妄想打擊遊隼的蚊蚋，微不足道。要是有必要的話，我們也可以把廢氣向下導引，單靠這樣……」

我跳了起來。「不可能！太荒唐了！妳難道不知道妳是在計畫革命？」

「對，就是革命！這有什麼荒唐的？」

「我說荒唐是因爲根本就不可能有革命。因爲我們的——我說的是我，不是妳——我們的革命是最後一場革命，不可能再有其他的革命。大家都知道……」

那兩道秀眉又形成了嘲弄的銳角三角形。「親愛的——你是數學家。不只如此，你還是哲學家，一位數學哲學家。既然這樣，把最後的數告訴我吧！」

「妳在說什麼啊？我……我不懂妳的意思，什麼最後的數？」

「欸，最後的，終極的，最大的。」

「簡直是胡鬧！數是無限大的，哪裡來的什麼最後的數呢？」

「既然這樣，又哪裡來的什麼最後的革命呢？根本就沒有最後一場革命，革命是永無止盡的。所謂最後一場是用來嚇唬小孩子的：小孩子聽到什麼無窮盡就會害怕，而且讓他們晚上睡得安穩才重要……」

「可是這一切，這一切有什麼道理？看在造福者的份上，每個人都過得幸福快樂了，何必還要搞這一套？」

「假如說……好吧，就說大家都幸福快樂好了，那再來呢？」

「這是哪門子的問題？根本是孩子氣。你跟小孩說故事，從頭到尾一字不漏說完，他們照舊還是會問：『再來呢？為什麼？』」

「小孩子正是最大膽的哲學家，而大膽的哲學家也一定是小孩子。沒錯，我們就應該像小孩一樣不停的問『再來呢？』」

「沒有什麼再來呢！到此為止了。整個宇宙都——都整齊劃一——到處都一樣……」

「啊！整齊劃一，到處都一樣。這就是問題所在——熵，心理上的熵。身為數學家，你難道看不出來只有差異，溫度上的差異，才能助益生命？如果每個地方，宇宙的每個角落都有一樣溫暖或一樣冰涼的實體……必需要碰撞在一起，產生火焰，爆炸，地獄。我們就要來把他們撞在一起。」

「可是I-330，妳得了解——我們祖先的那場兩百年戰爭不就是這種情況嗎……」

「沒錯，而且他們做對了——對了一千倍。可是他們犯了一個錯，他們後來相信他們找到了最後的數——事實上最後的數並不存在，不存在於自然界。他們也犯了伽利略的錯誤：他說地球繞著太陽運行是對的，但是他不知道整個太陽系也在運轉，繞著另一個中心轉；他不知道地球眞正的軌道（不是指相對的軌道）不是什麼單純的圓……」

「那你們呢？」

「我們？我們目前知道並沒有最後的數。我們可能會忘記，不，等我們年紀大了，我們鐵定會忘記——就跟每樣東西老了之後都一樣。到時，我們也會墜落——就像秋天樹葉枯落一樣——就像你，後天……不，不，親愛的，不是你。因爲你是和我們一起的，你是和我們一起的！」

兇猛、激動、閃爍——我從沒見過她這個樣子——她用盡全力擁抱我，我消失了……最後，穩穩凝視我的眼睛。「記住，十二點。」

我說：「好，我會記住。」

她離開了。我一個人——置身喧囂雜亂的藍、紅、綠、黃銅、橘彩中……

是的，十二點……冷不防間，某種陌生的感覺落在我的臉上，拂也拂不去。突然間，我想起昨天早晨，U，還有她當著I-330的面大喊的話……怪了，我怎麼會想到這個？

我急忙到外面去，匆匆往家趕，回家……

頭頂某處我聽見了飛鳥在綠牆上尖聲鳴叫，在夕陽的餘暉下，我看見眼前一個個球體狀的圓屋頂，著火似的立方體房子，像是天空中凍住的閃電的蓄電塔尖頂，而這一切，這極致幾何的美將會……被我，被我自己的一雙手……難道沒有別的辦法，別的出路？

經過了一間演講廳（我忘了號碼），裡頭長椅堆成了一座小山，演講廳中央的桌子上都覆蓋了純白的玻璃布，而在一片雪白中還沾染了夕陽的粉紅鮮血。而隱藏在這一切之後的，是無人知曉，因此而教人惶惶不安的明天。要一個有思考能力，能夠看見的生物活在不規則、未知的、充滿X的世界裡是很不自然的……這就像被蒙住眼睛，被迫摸索著前進，一路跌跌撞撞，而且心裡明白在某處——就在不遠的地方——就是懸崖；只要踩空一步，你整個人就會變成血肉模糊的一灘肉。我現在不就像這樣嗎？

而且萬一我不想坐以待斃，我現在就一頭裁下去呢？難道這不是唯一一個正確的方法——快刀斬斷這一團亂麻？

札記三十一

提綱：偉大的手術
我什麼都原諒了
火車相撞

獲救了！就在千鈞一髮的一刻，就在看起來好像沒有東西可以攀住，就在一切似乎都完了的時候……

這就像你已經走上了階梯，坐上了造福者的恐怖機器，玻璃鐘鏘的一聲罩住了你，在你生命中的最後一刻——快點，快點——你用眼睛貪婪的掬飲藍天……

而突然間，原來只不過是做了一場「夢」。太陽依然粉紅輕快，牆壁就在你眼前——用你的手去觸摸冰涼的牆，啊，多慶幸啊！還有枕頭——一遍又一遍看著被你的頭壓出凹痕的雪白枕頭，唉，多喜悅啊！

今天早晨我在讀《一體國官報》的心情大致就是像這樣。我做了一場惡夢，而今惡夢結束了。而我這個怯懦膽小、於國不忠的傢伙已經想好要自殺了。看著昨天我寫下的最後幾行，我眞是羞愧得無地自容。不過現在沒關係了：就讓那些文字留下，提醒我可能會發生，現在卻不會發生的事……對，不會發生了！

《一體國官報》的頭版上斗大的字寫著：

歡呼吧！

因爲從今而後你們將會完美無缺！今天，你們自己的創造品——機器——比你們還要完美。

怎麼會呢？

每具發電機的火花都是最純淨的理智之火；每個活塞的動作都是零缺點的三段論證。不過，你們難道不也擁有同樣不犯錯的理智嗎？起重機、印刷機、幫浦的建構原理就和用圓規畫出的圓一樣的完美清楚。你們的建構原理難道反而不及嗎？

機械裝置之美就在於它的節奏，穩定精確，一如鐘擺。可是你們，從嬰兒期就以泰勒系統養育長大的人——難道你們沒有像鐘擺一樣的精準？

但是有一樣例外：機器沒有想像力。

你們可曾看過一根幫浦圓柱在工作時綻開模糊的、傻氣的、夢幻似的微笑？你們可曾聽過起重機在排定的休息時間中翻來覆去，唉聲嘆氣？

沒有！

那你們呢？羞愧得臉紅吧！觀護人已經注意到愈來愈多這類的微笑，這類的嘆息了。還有——把眼睛遮起來——一體國的歷史學家要求退休，以免記錄下貽羞後世的事件。

不過這不是你們的錯，你們是生病了。而這個疾病的名稱是：「想像力」。

想像力是一隻蟲子，在你們的額頭上咬出一道道黑線。想像力是高燒，迫使你們逃得更遠，不顧這個「更遠」的起頭是在幸福的終點。想像力就是我們通往幸福的最後一道障礙。

但是歡呼吧：這道障礙已經炸毀了。

道路暢通了。

國家科學最近發現了這個想像力中樞的位置——腦橋部位一個小小的瘤。三道X光就可以切除掉這顆瘤，而你就能治好你的想像力——永不復發。

你們就完美了，就和機器一樣。通往百分之百完美的道路不花你一毛錢，還不趕快！老老少少趕快向偉大的手術報到，趕快到演講廳去，偉大的手術就在那裡施行！偉大的手術萬歲！一體國萬歲！造福者萬歲！

你們……如果你們不是從我這本類似古代奇幻小說的札記裡讀到這一段；如果這份報紙，這份仍散發出油墨香的報紙也像此刻在我手中一樣，捧在你們的手中顫抖；如果你們也和我一樣知道這是最實際的現實，就算不是今天的現實，也是明天的——你們難道不會有跟我同樣的感覺嗎？你們難道不會跟我一樣頭暈眼花嗎？感覺到有詭譎的、甜蜜的、冰冷的針扎遍你們的背，你們的手臂嗎？你們難道不會覺得自己是個巨人，是擎天的亞特拉斯①——要是你挺直腰，你必然就會一頭撞上玻璃天花板？

我一把抓起電話。「I－330……對，對，330。」接著我上氣不接下氣的喊著：「妳在家？妳看了嗎？正在看？這，這實在是……太了不起了！」

「對……」漫長不祥的沉默。電話輕輕的嗡嗚，冥思著什麼……「我今天得跟你見個面。對，我這裡，十六點過後，別失約了。」

最親愛的！親愛的，最最親愛的！「別失約……」我覺得自己在笑，卻無法自抑，而且我會帶著這抹笑上街——像盞燈一樣高高掛在臉上。

外頭風掃向我，打了個轉，呼呼的響，鞭子般抽打在我身上，但是我仍然是興高采烈。哨音，尖叫——都無所謂了，反正你吹不倒那些牆。就算鐵鑄的、飛動的雲從頭頂上塌了下來——就讓它塌吧！反正你也阻擋不了陽光。我們把太陽永遠的拴在了頂點——我們這些約書亞，嫩之子②。

角落有一群約書亞額頭抵著講堂的玻璃牆，裡頭已經有個人躺在閃亮的白桌上，白布下他的一雙光腳板擺成了黃色的三角形；白色的醫師俯身在他的頭頂；一隻白手把裝滿了什麼藥水的針管遞給另一隻手。

「喂，你為什麼不進去？」我開口問，既沒有針對誰，又像是針對所有人。

「那你自己呢？」一顆圓圓的腦袋轉過來。

「我會，等一會兒，我得先……」

我有點尷尬，退了開去。我真的得先去見她，I－330。可是又為什麼？這我答不上來。

船塢裡冰塊一樣的藍，**整體號**通體發亮，閃爍著光芒。在機械室發動機輕聲低響，彷彿愛撫，一次又一次重複著什麼話——聽起來很耳熟，像是我自己的話。我彎下腰，輕撫那長長的冷冷的引擎管。親愛的……最最親愛的。明天你就會活過來；明天，你的生平第一次，你會被自己腹中猛烈的火焰給震動……

如果一切都還是像昨天一樣，我要如何看著這隻雄偉的玻璃怪獸？要是我知道明天十二點我會背叛它……沒錯，背叛……

有人小心翼翼從後面輕觸我的手肘，我轉過身，看見是副建造人那張磁盤般的臉。

「你已經知道了？」他問。

「知道什麼？手術是嗎？真奇怪——每件事，每件事——馬上……」

「不，不是那個，是試飛延到後天了。都是這個手術的關係……虧我們還那麼趕，盡了最大的努力，卻落了個一場空……」

「都是這個手術的關係……」眞是個愚不可及的人，除了他那張平坦的臉之外什麼也看不見。如果他知道要不是這個手術，他明天十二點就會被關在玻璃盒子裡，奔過來跑過去，七手八腳想要翻牆……

十五點半，我回到自己的房間，赫然發現U坐在我的桌前——骨瘦如柴，腰桿挺直，拘謹僵硬，一手穩穩的托著右頰。她必定是等了很久，因爲在她跳起來面對我的時候，她的臉頰上留下了五道凹痕。

剎那間，我想到的是那天早晨，她站在桌邊疾言厲色，就在I-330的旁邊……但回憶只是一閃而過，立刻就被今天的太陽給蒸發了。這就像是在晴朗的白天進入房間，漫不經心的打開了電燈，燈泡亮是亮了，可是你卻沒有意識到——蒼白，可笑，不必要……

我想也不想就朝她伸出手，我原諒她了。她抓住我的兩隻手，用她那瘦骨嶙峋的手用力握住，下垂的兩頰興奮的顫抖，像是什麼古代的裝飾。她說：「我一直在等……只要幾分鐘……我只想說我有多高興，替你覺得高興！你知道——明天，或是後天，你就會痊癒了——完完全全的痊癒了，像是新生兒一樣……」

我看見桌上有幾張紙，是我札記的最後幾頁，就擺在我昨晚擺的地方。要是她看見了我寫的東西……不過，不要緊了；現在那都是歷史了，遙遠得可笑，彷彿望遠鏡拿錯了邊看出去的景象一樣……

「對！」我說。「而且妳知道——我剛才在街上走，有個人走在我前面，他的影子拖在路面上。妳知道嗎？他的影子居然會發光呢。我覺得——我很肯定——明天連一道陰影都不會有。沒有人，沒有物體會投射出影子來……陽光會穿透每一樣東西……」

她的話說得既溫柔又嚴厲。「你很會夢想！我不會允許孩子們這樣子講話……」她繼續談著小孩子——她帶他們去接受手術，還得把他們給綁起來……還有「愛必須要靠鐵腕，沒錯，鐵腕」，還有她認爲她最後會決定……

她撫平膝上的灰藍衣料，用她的笑容快速的、靜靜的黏滿了我全身，然後就離開了。

幸好，今天的太陽還沒下山，太陽還在天空跑，而且十六點到了。我敲了門，我的心狂跳……

「進來！」

而我又跪在她椅子邊的地板上，抱著她的腿，仰著頭，凝視她的眼——一隻，再一隻——而且在每一隻眼中看見我自己，徹底臣服的自己……

這時，戶外起了一陣狂風。白雲逐漸變黑——愈來愈像鐵鑄的。隨便吧！我的頭腦裝不下那些暴亂的語詞，它們像洪水溢出了堤岸。我大聲說話，我們和太陽一起飛翔到了某處……但現在我們知道了是哪裡——在我們身後，是行星，有的是噴灑出火焰的行星，上面長滿冶艷、歌唱的花朵；還有的是沉默的藍色行星，由知覺、理性的石頭組織成社會——這些行星跟我們的地球一樣，到達了絕對的幸福，百分之百的幸福巔峰……

突然間從頭頂上傳來：「可是你不覺得在巔峰上的社會就是一個由石頭組織而成的社會嗎？」她那眉毛形成的三角形愈來愈尖銳，愈來愈陰沉。「而幸福……不管是誰都會被慾望折磨，不是嗎？而很顯然幸福就是不再有慾望了，一個也沒有……誰說幸福永遠都是加號，我說這是大錯特錯，是荒唐可笑的偏見。絕對的幸福應該要劃上減號——神聖的減號。」

我記得我困惑的咕噥著：「絕對負質？那是負兩百七十三度……」

「一點也沒錯——負兩百七十三度。有點冷得刺骨，可是不是正好可以證明我們是在巔峰上嗎？」

就和以前一樣，許久以前一樣，她好像是爲我說話，透過我說話，把我的想法解釋得淋漓盡致，可是這其中卻又有令人心驚的地方——我聽不下去，我費了好大的勁才擠出了一個不字。

「不！」我說。「妳……妳在嘲笑我……」

她笑了起來，笑得很大聲——太大聲了。不一會兒，她笑到了極限，然後又落回來……接著是沉默。

她站了起來，兩手按住我的肩膀，緩緩的注視我，注視了很久。接著她把我拉進懷裡——我什麼都忘了，只有她熾熱的、犀利的唇。

「別了！」

聲音來自遠處，來自上方，花了很久的功夫才傳進我的耳朵——大概是一分鐘吧，也可能是兩分鐘。

「妳這是什麼意思，『別了』？」

「唉，你生病了，你因爲我犯了罪——你不是因此而一直飽受良心折磨嗎？現在有了手術了，你就可以除掉我這個病毒了。所以，別了，就是這個意思。」

「不！」我喊了出來。

雪白的臉上一個毫不留情的黑色三角形。「什麼？你不想要幸福嗎？」

我的頭好像要裂開來：兩列邏輯的火車互撞，飛上彼此的車頂，撞毀，碎裂……

「喂，我還在等你的答覆呢！選擇吧：是要手術和百分之百的幸福還是……」

「我不能……沒有妳。我什麼也不想要，只要妳。」我說，也可能只是這麼想著——我不是很肯定——但是她聽見了。

「對，我知道。」她答道。她的手仍按著我的肩膀，她的眼睛仍凝視著我。「那就別忘了明天，明天，十二點，還記得嗎？」

「不，已經延後了……是後天……」

「這樣更好。後天，十二點……」

我在黃昏的街道上前進，風呼呼的吹，把我像張紙一樣吹著打轉。一片片鐵鑄的天空飛來飛去——它們還有一天、兩天的時間可以穿越無垠……路人的制服擦過我身上，但我卻是踽踽獨行。我清清楚楚的看見了：人人都獲救了，唯獨我沒有活路。**我不想要活路……**

注釋

① 亞特拉斯是希臘神話中受罰以雙肩揹天的巨人。

② 嫩的兒子約書亞是摩西的僕人及繼承人。

札記三十二

提綱：我不相信
　　　牽引機
　　　人類碎片

你們相信你們會死嗎？是的，人是會死的，我是個人，所以……不，我不是這個意思。我知道你們都知道這點，我是在問你們眞的相信嗎？徹徹底底的相信，不是用心智去相信，而是用身體；你們有沒有感覺過有一天捏著這一頁的手指頭會變冰冷，變蠟黃……

不，你們當然不相信——所以你們才沒有從十樓往下跳，所以你們才仍舊在吃飯，在看書，在刮鬍子，在微笑，在寫作……

今天的我也是一樣——不錯，完全一樣。我知道鐘面上那支小小的黑箭會往下掉，掉到午夜，接著又往上爬，跨過某條最後的線——而不可思議的明天就來臨了。這點我知道，可是不知爲什麼我就是不相信。也可能是因爲我覺得二十四小時等於二十四年，所以我才能夠仍舊做著什麼事，趕到什麼地方，回答什麼問題，爬梯子到整體號上。我仍感覺到它在水面上晃動；我知道我必須要抓緊扶手，感覺手中的冰冷玻璃。我看見透明的、活生生的起重機彎下鳥頸一樣的長脖子，伸長了嘴，溫柔的關切的餵食整體號，把可怕的爆破性食物送進它的內燃機裡。而下方，河流裡，我清楚看見了藍藍的水面，被風灌得鼓漲。但這一切與我都好似沒有關聯，是外來的，平面的——就像是紙上的計畫。所以副建造人那張平面的、紙張似的臉突然開口說話還眞是奇怪。

「怎麼樣啊？內燃機應該要多少燃料才夠？假設是三個小時……或三個半小時……」

在我眼前——投射在藍圖上——我的手拿著計算機，數字顯示著十五。

「十五噸。不，最好裝個……對——裝個一百噸……」

畢竟我是知道明天……

而且我看見了，冷眼旁觀的看見了我拿著計算機的手在微微發抖。

「一百噸？爲什麼要這麼多？那可以飛上個七天了。七天？何止七天！」

「不怕一萬只怕萬一……誰知道呢……」

我知道……

強風嘶吼；空氣中瀰漫著看不見的什麼，從頭到底都是。我發現呼吸困難，走路也難。街尾蓄電塔鐘面上的指針慢吞吞的，費力的，但卻一秒也沒有停留的爬著。塔的尖頂隱在雲層中——晦暗、鬱悶，默默的嚎叫，吸吮著電力。樂坊的喇叭吼了起來。

一如往常，四個四個排成一列，但是這一排排的隊伍卻不怎麼堅實，可能是風太大，吹得他們搖搖晃晃，低頭彎腰——而且是愈晃愈厲害，愈彎愈低。這時他們和角落的什麼東西撞上了，他們向後退，密密麻麻擠成一團，密不透氣。突然間人人都伸長了脖子。

「看！不，是那邊，快看！」

「是他們！是他們！」

「……我再也……乾脆把頭直接伸進造福者的機器裡算了……」

「噓，噓！你瘋了……」

角落的演講廳大門敞開，一支五十人上下的縱隊緩緩出現。「人」？不，人不足以形容他們。他們沒有腳，他們有的是僵硬沉重的輪子，由某種隱形的傳動皮帶帶動。這些不是人——他們是人形牽引機。他們的頭頂有白色旗幟招展，上頭繡著金色太陽，在太陽光束之間繡著：「我們是第一批！我們接受了手術！所有的人，跟我們來！」

他們像犁田一般緩緩從人群中犁過，無可抵擋。眼前的情勢很明顯，如果擋住他們去路的是一道牆，一棵樹，一棟房子，他們也會毫不猶豫的輾過這道牆，這棵樹，這棟房子。這時他們占據了馬路中央，雙手互扣，形成了一條鎖鍊，面對著我們。而我們緊張得縮在一起，伸長著脖子，向前張望——等待著。烏雲蔽空，寒風颼颼。

突然間鎖鍊兩翼，左右兩邊，迅速向內彎，向我們衝來，愈來愈快，愈來愈快，像是沉重的機器加速下坡。他們把我們鎖進了圈子裡——而且是朝張著大口的門走，進入門後，裡頭……

有人尖聲大喊：「他們要把我們趕進去！快跑！」

頓時，全部人都動了起來。就在牆附近還有一處狹窄的出入口，人潮全部往那裡移動，瞬間萬頭鑽動，就像楔子一樣尖銳，手肘、肩膀、髖骨亂插亂擠，就彷彿水流從消防水管中激射而出，呈扇形濺開，而四面八方盡是東奔西跑的腳，亂揮亂甩的手臂，穿著制服的人。有那麼一下子我瞥見了一具S形的身體，兩耳招風——但一眨眼間，他不見了，彷彿是被大地吞沒了，我只剩下一個人，陷在動個不停的胳臂腿腳之中——我拔腿跑了起來……

我閃進了一處門口，想喘口氣，我的背緊抵著門——一眨眼間，一片小小的人類碎片飄了過來，彷彿是被風吹過來的。

「我一……一直跟在你後面……我不想——你知道——我並不想。我同意……」

圓滾滾的小手抓著我的衣袖，圓滾滾的藍眼睛：她是O。她似乎是從牆上滑下來的，重重落在地上，在冰冷的門階上縮成了一個小球，我俯身輕撫她的頭、她的臉——我的手濕濕的。我好像非常的巨大，而她——小得不得了——是我自己的一個很小的部分。這種感覺和我對I-330的感覺非常不同。我覺得古人對他們的孩子很可能就是類似的感覺。

從那雙掩面的手掌間傳來有如細蚊的聲音：「我每天晚上……我不能……要是他們治好我……每天晚上，一個人躺在黑夜裡，我都想著他：他會是什麼模樣，我會多麼……沒有東西可以讓我活下去了，你明白嗎？你一定要，一定要……」

我有股荒謬的感覺，但是我明白：是的，我一定要。之所以說荒謬，是因爲我的這個責任又是另一樁罪行；之所以說荒謬，是因爲不可能既是白又是黑，責任和罪行也不會彼此相等。說不定人生根本就沒有什麼黑白，人生的顏色是一開始的邏輯前提決定的？而假使前提是我違法給了她一個孩子……

「好吧——可是別，別……」我說。「妳知道，我非得帶妳去找I-330不可——我上次就提議過了——這樣她才能……」

「好。」靜靜的同意，掩面的手仍沒有拿開。

我扶她站起來，我們兩人都沒說話，各自沉浸在自己的心事裡——誰知道呢，說不定我們想的是同一件事——沿著陰暗的街道，走過沉重安靜的房子，冒著有如綳緊的枝條般亂揮亂舞的狂風……

就在某個透明的、緊張的點上，我聽見了颼颼的風聲中出現了熟悉的啪噠足聲。我在轉角回過頭，倒映在玻璃路面上的滾滾烏雲中出現了S。我的手立刻就不聽使喚，亂揮亂甩，我大聲告訴O明天——對，明天——整體號就要第一次升空，而且會是史無前例、神奇奧妙的一件大事。

O瞪大一雙藍眼，愕然不解，看著我狂揮亂甩的手臂，但是我不讓她說話，我拚命的大吼大叫。而在我心中，有個獨立的聲音——只有我一個人聽見——發高燒似的不停響著叫著，「不，我不能……我必須要……我不能把他引到I-330那兒去……」

所以我不向左，反而向右轉。橋樑乖乖的在我們三個人——我、O、S——腳下彎曲。河流另一側燈火通明的建築在水面上撒下燈光，燈光破碎成上千點跳動的火花，帶著白泡沫猛烈的噴灑。風像低音貝斯弦低低的拉在頭頂上。而在貝斯聲中，始終躡在我們身後的……

我住的屋子到了。O在門口停下腳步，開口說話。「不，你答應……」

我沒讓她說完，只是匆匆忙忙把她給推了進去，我們進了大廳，進了屋子。而在管理員的桌子又看見那張熟悉的，興奮得發著抖，下垂的臉頰。擠得密密麻麻的一群號民正在激烈討論；二樓有人趴在欄杆上看底下的情況；一個又一個的人跑下樓。不過我等一下才有時間來關心這一切……此時此刻我忙著把O拉到對面角落，坐了下來，背抵著牆（牆後我看見有條大頭影子飄過來飄過去），我拿出了拍紙簿。

O慢慢的陷進椅子裡，好像她的身體在融化，從制服下揮發了，座位裡只剩下空空的制服和空空的眼睛，彷彿可以把人吸進藍色的空無裡。

她疲憊的說：「你爲什麼帶我來這裡？你騙我！」

「不……小聲點！看那邊——看到了沒，牆的後頭？」

「嗯，有個影子。」

「他一直陰魂不散的跟著我……我沒辦法。妳明白嗎？我不能。我會寫幾個字，妳帶著紙條一個人走。我知道他不會去跟蹤妳。」

制服下的身體動了動，小腹微微突出，而在她的臉頰上出現了模糊的、玫瑰紅的黎明。

我把紙條偷塞進她冰冷的手掌裡，堅定的捏捏她的手，最後一次沉浸在她的藍眸中。

「再見了！也許將來有一天我們會……」

她把手抽走，彎著腰慢慢走掉……跨了兩步，又轉了過來，又站到了我身邊。她的嘴唇挪動。她的眼，她的唇，她整個人——只說了一個字，對我說了一個字——啊！那是多麼教人難堪的一抹笑啊，多麼的痛苦啊……

接著，一片小小的人類碎片彎著腰走到了門口，又變成了牆後一條小小的影子——沒有回顧，腳步快捷，愈來愈快捷……

我走向U的桌子，她興奮的、忿忿的搧動她的魚鰓，對我說：「你知道嗎——他們好像全都昏了頭了！他一口咬定他在古屋附近看見了某種像人類的生物——一絲不掛，全身長滿了毛……」

從密密麻麻的人頭中傳來聲音：「對！我再說一次——我看見了。」

「你覺得呢？那傢伙是精神錯亂了！」

而她口中的「精神錯亂」說得是那麼的篤定，我不禁自問：也許這一切，最近發生在我身上的這一切眞的只不過是精神錯亂？

但我低頭瞧了瞧毛茸茸的手，想起了：「你一定也有一些森林血液……所以我才會……」

不——幸好這不是精神錯亂。不——不幸的是這不是精神錯亂。

札記三十三

提綱：沒有提綱，倉促成篇，最後留言

這天終於來了。

快點，報紙。說不定報上……我用眼睛閱讀（說得精確一點，我的眼睛現在就像枝筆，像具計算機，你可以拿在手上感覺它——它跟你是分開的，是一個工具）。

頭版粗體字印著：

幸福的敵人並沒有沉睡。快用你的雙手牢牢抓緊幸福吧！明天全部工作暫停——所有號民都必須接受手術。凡是不接受者，將受到造福者的機器制裁。

明天！可能有明天——會有明天嗎？

出於每日的習慣，我把手（一個工具）伸向書架，把今天的《一體國官報》給放上去，放進封面有燙金圖案的檔案夾裡。手才伸到一半，心裡卻想：何必呢？放不放有什麼關係？我不會再回到這棟屋子了。

報紙掉到了地板上。我站了起來，環顧房間，整個房間；我匆匆把所有我捨不得的東西都收進了一只無形的手提旅行箱中。桌子，書籍，椅子。那天I－330坐過的椅子，而我就在椅子下，坐在地板上……還有床鋪……

接著大約過了一兩分鐘——荒唐的等待著奇蹟發生。也許電話會響，也許她會說……

不，世上沒有奇蹟。

我要走了——要走向未知。這是我最後的留言。再會了，心愛的讀者們，我和你們共同生活了這許多篇章，讓你們感染了靈魂疾病，我暴露了我自己，連最後一顆小螺絲釘，最後一根破彈簧都沒遺漏……

我要走了。

札記三十四

提綱：放假的人
　　　晴朗的夜
　　　無線電女武神

喔！要是我眞的把自己和其他人都摔了個粉身碎骨，要是我眞的和她來到綠牆外，置身那些露出黃色獠牙的野獸中，要是我根本沒有回到這裡！那就會簡單上一千倍，一百萬倍。可是現在——什麼？去勒死那個……那又有什麼用？

不，不，不！鎭定下來，D-503。把你自己安置在穩固的邏輯軸上——就算是短短一陣子，使盡全身之力把掮桿壓下來，像個古代的奴隸，轉動三段論證的磨石——直到你把發生過的事都寫下，都細細的思考過……

我登上**整體號**的時候，現場已是座無虛席，人人各就各位；龐大的玻璃蜂巢裡每一個小蜂房都裝滿了。透過玻璃甲板往下看，是小如螻蟻的人，簇擁在電報機、發電機、變壓器、高度計、活門、壓力錶、引擎、幫浦、眞空管附近。休息室中，一群不知名的人審閱著計畫書和儀器，可能是科學局派來的。副建造人帶著兩名助理在招呼他們。那三個人都像烏龜一樣把頭縮進肩膀，他們的臉——灰撲撲的，秋天一樣，毫無歡樂可言。

「怎樣？」我問。

「喔……有點緊張……」其中一個說，露出灰灰的無趣的笑容。「誰知道我們可能會降落在哪裡？一般來說，誰也說不準……」

很難去正視他們，正視這些一小時之內就會被我親手給彈射走，從作息表舒服的數字，從一體國母親的胸膛被硬生生扯走的人。他們讓我想起了《三個放假的人》裡頭的悲劇人物。這是所有學童都熟知的故事，說的是三個號民，因爲某種實驗，整整一個月不用上班：可以隨心所欲，愛去哪裡就去哪裡①。三個可憐人就在平時的工作地點附近閒晃，用饑渴的眼睛注視著裡頭；一小時又一小時站在街上，重複著已經融入了他們身體裡，特定時段中的動作：他們鋸著空氣，刨著空氣，揮舞著隱形的鎚子，敲打著隱形的石塊。最後，在第十天，再也受不了了，他們手牽手，走進了水中，聽著進行曲的樂聲，愈走愈深，一直到河水結束了他們悲慘的生活……

我重複一遍：正視他們讓我覺得很痛苦；所以我匆匆離開了他們。

「我去檢查機器室，」我說，「然後——我們就開始了。」

他們問我問題：開始的爆衝使用多大的電流，船尾水槽應該注入多少壓載用水。我的心裡有一架留聲機，迅捷精確的回答了每一個問題，同時我仍想著自己的心事，不受外界干擾。

忽然間，在狹窄的通道上，有什麼觸及了我內心——而就從這一刻起，開始了。

在狹窄的通道上一身身灰色制服，一張張灰色的臉與我擦肩而過，忽然有一張臉：額頭頭髮蓋得很低，兩眼深陷——又是那個人。我明白了：他們來了，而且沒有退路了，只剩下一點時間——幾十分鐘的時間……最輕微的分子震動傳遍了我的身體（直到最末端也沒有停止），彷彿有具龐大的內燃機裝設在我的身體內，但我的身體結構卻太輕了，所以所有的壁面、隔間、電纜、樑柱、電燈——一切都在顫抖……

我還不知道她是否也在場，可是現在沒有時間了——我被叫上了樓，叫上了控制室：該走了……走到哪兒呢？

一張張灰撲撲的、毫無光澤的臉。底下的水面像是布滿了藍色血管。一層層鐵鑄的沉重天空。而要舉起我鐵鑄的手，拿起指揮的電話是多麼困難啊！

「上升——四十五度！」

悶雷似的爆炸——劇烈的震動——噴出一道小山似的白綠色水流——甲板從腳下滑開——輕輕的，橡膠似的——所有的一切，所有的生命，永遠留在了下方……剎那間，四周一切彷彿不斷往下墜，墜入某個旋渦，越變越小：城市成了冰藍色的模型地圖，圓屋頂成了圓泡泡，蓄電塔成了一根鉛灰色手指。不一會兒，一團棉花似的雲飄過來，我們鑽入了雲間，又破雲而出——眼前是陽光與湛藍的天。幾秒鐘，幾分鐘，幾哩遠——藍天迅速的凝固，黑暗漸漸滲入，而群星閃現，彷彿一顆顆銀色冰冷的汗珠……

這時——令人害怕的夜，明亮得刺眼又漆黑一片，繁星點點又晴朗光明。就好像是剎那之間失去了聽覺：你仍然能看見喇叭轟鳴，但就只是看見，喇叭是啞的，一點聲音也沒有。太陽也是啞的。

這一切都很自然，都在預料之中。我們離開了地球的大氣層。可是一切發生得太快，在每個人不知不覺之中就發生了，四周的人都嚇著了，都不敢作聲。至於我自己——我卻覺得在這個奇妙的啞巴太陽底下什麼事都變得簡單多了，就彷彿最後一次的痛苦掙扎後，我跨過了無可逃避的門檻——我的身體留在下方某處，而我自己卻加速飛過一個嶄新的世界，世界裡的每樣東西都很陌生，都上下顛倒……

「保持航向！」我朝話筒大喊。也可能喊話的不是我，而是我心裡的留聲機——接著我用機械似的、加了絞鍊的手，把指揮電話塞進了副建造人的手中。而我，從頭到腳都因爲最細微的分子震動（只有我一個人能感覺到）而搖搖晃晃，衝到樓下去，去找……

休息室的門——那扇一小時內就會重重鎖上的門……門邊站了個我不認識的人，他的個子很矮，長相就和上百人、上千人一樣，混在人群中誰也認不得。但是他的一雙手卻很不尋常——格外的長，長到膝蓋，活像是倉促之中從另一個人的身上取下來，胡亂裝在他身上的。

一隻長臂伸了出來，擋住了我的去路。「去哪兒？」

他顯然並不知道我深知內情。很好，也許事情就該是像這樣。我低頭看著他，特意用傲慢的語氣說：「我是**整體號**的建造人，試飛是由我監督的，懂了嗎？」

手臂收了回去。

我進了休息室。在儀器和地圖上是一顆顆頭髮花白的頭顱，還有黃色的腦袋，禿了頂，熟透了。我一眼掃過所有人，又回頭去搜尋走廊，下到艙門，一路找到了引擎室。燃料點火爆炸後管線都變得熾熱，溫度升高，十分吵雜，那些閃閃發亮的曲柄像喝醉酒似的瘋狂舞動著，刻度盤上的指針也不停的微微顫動……

好不容易，在轉速計旁看到了他——低低的額頭正盯著一本筆記……

「聽著……」吵雜聲太響亮，我得朝著他的耳朵大喊。「她來了嗎？她在哪裡？」

額頭下的陰影露出一抹微笑。「她？那邊，無線電話室……」

我衝了進去。裡頭有三個人，全都戴著頭盔式通信耳機，她似乎比其他兩人要高出一個頭，而且她像長了翅膀，閃爍著光芒，正在展翅翱翔——就像古代的女武神②。而在上方的巨大藍色火花，在無線電的天線上方，似乎是從她身上噴出的，還有那隱隱約約的臭氧氣味也是從她身上散發的。

「有人……不——妳……」我上氣不接下氣的對她說（是因爲奔跑的關係）。「我得傳話到下面去，到地球，到船塢……來，我來口述……」

儀器室隔壁有一間盒子似的艙房，我和她肩併肩坐在桌前，我摸到她的手，緊緊握著。「怎麼樣？接下來怎麼做？」

「我不知道。你知道飛翔的感覺有多美妙嗎？不知道要飛向何處——就只是不停的飛——不管目的地是哪裡……馬上就十二點了——誰知道會發生什麼事呢？今天晚上……我們倆，你跟我，今天晚上會在哪裡呢？說不定是在草地上，在乾燥的樹葉上……」

她迸射出藍色火花和閃電的味道，而我的顫抖愈來愈猛烈。

「寫下來。」我大聲說，仍然是喘不過氣來（是因爲奔跑的關係）。「時間，十一點三十分。速度：六千八百……」

她戴著有耳機的頭盔，眼睛盯著紙，靜靜的說：「她昨晚拿著你的字條來找我……我知道——我什麼都知道了，別說話。眞的，孩子是你的？我把她送過去了——她現在已經安全了，待在綠牆外。她會活下去……」

回到指揮室。還是一樣——一片錯亂的黑夜，繁星點點的夜空和刺眼的太陽。牆上時鐘的時針一拐一拐慢條斯理的走著，一分鐘一分鐘的走；一切彷彿是在迷霧中，最輕最輕的顫動著，肉眼幾乎察覺不出來（只有我一個人察覺得到）。

不知爲何，我覺得如果接下來要發生的事不是在這裡，而是在底下一點，接近地球的地方發生，那就會好得多。

「關閉引擎！」我對著話筒大喊。

整體號仍在慣性移動，但是愈來愈慢。這一刻，**整體號**抓住了細如髮絲的一秒，動也不動懸浮著，接著髮絲斷裂了，**整體號**有如石頭般往下墜——速度愈來愈快。於是在靜默中，有好幾分鐘，好幾十分鐘，我聽見自己的脈搏。我眼前的時針慢慢爬向十二點，我很清楚我就是那塊石頭，而I-330是地球，而我——一塊石頭，被某人的手給拋擲了出去，而石頭必然會墜落，撞上地面，撞得粉碎……而萬一……下方藍色的雲煙已然在望……萬一……

但是我心裡的留聲機以加了絞鍊似的精準拿起了話筒，發出了號令：「低速。」石頭不再墜落了，現在只靠四具低速輔助引擎——兩具在前，兩具在後——疲憊的向前推進，只爲了中和**整體號**的重量，而**整體號**在微微的一抖後，牢牢的穩住，停在半空中，距離地球大約一公里。

人人都衝到了甲板上（快十二點了——午餐鐘聲該響了），俯在玻璃欄杆上，急匆匆的貪婪望著下方的未知世界，綠牆外的世界。琥珀、綠、藍：秋天的樹林，草原，一座湖泊。在一只小小的藍色碟子邊緣，有些黃色骨頭似的殘骸，一根駭人的黃色枯指——可能是古代教堂的尖頂，奇蹟似的保留到今天。

「看，看！那邊，右邊！」

右邊的蒼翠草莽中有一個點快速的流動，很像褐色的影子。我手上有望遠鏡，我機械似的舉到眼前，看見了一群褐色的馬甩動著尾巴，正在及胸的草地上疾馳，而在馬背上是那些生物——紅棕色、白色、深黑色……

在我身後有人說：「我就說嘛——我看見了一張臉。」

「去，去，去跟別人說去！」

「拿去，用這副望遠鏡……」

但是底下的東西不見了，只有無盡的蒼翠草莽……

而在那片荒野中突然響起了銳利的鐘聲——響徹了下方，響徹了我和每一個人心裡：午餐時間，再過一分鐘就十二點了。

世界暫時散成了不相連結的小片斷。我在拾級而上時踩到了某人掉落的金色胸章，我不在乎，胸章在我腳下破裂。有人說：「我就說嘛，那是一張人臉！」一個暗暗的長方形：是休息室敞開的門。咬緊的、雪白的、尖利的牙齒，帶著笑……

時鐘慢吞吞的噹了起來，沒有間歇，第一排的人已開始移動——那扇長方形門猛的被兩條長得不自然的手臂給擋住了。

「不要動！」

有人的手指頭掐入我的掌心——是I－330站在我身邊。

「他是誰？你認識他嗎？」

「他不是……他不是……」

他在高處，透過肩膀俯視一百張臉——他的臉，和上百個人，上千個人一樣，卻又獨一無二。

「以觀護人之名……我針對某些人說話，你們聽好了，你們每一個都聽好了。我告訴你們——我們知道了。我們現在還不知道你們的編號，但是我們什麼都知道了。整體號不會落到你們手上！試飛將會完成；而你們——你們絕不准有什麼行動——你們會完成試飛，用你們的親手完成。之後……我言盡於此……」

一片沉默。腳下的玻璃方塊輕軟如棉，我的腿也輕軟如棉。她在我身旁——露出慘白的微笑，噴濺出憤怒的藍色火花。她咬牙對著我的耳朵說：「原來是你？你忠於你的責任？好，很好……」

她掙脫了我的手，女武神之怒，生了翅膀的頭盔一下子就到了前頭。我一個人，啞口無言，渾身冰冷，和其他人一樣進了休息室……

「可是不，不是我——不是我啊！我沒有對誰說，一個人也沒有，只有這幾張啞巴白紙……」內心深處，我氣急敗壞的大聲向她吶喊。她坐在桌子對面，面對著我，一次也沒有讓她的眼睛和我接觸。她的旁邊不知是哪一個熟透了的光禿腦袋。

我聽見（是I-330在說話）：「高貴？不，我親愛的教授，只須用哲學來分析這個詞，就會知道，這不過是古代封建制度的餘毒，而我們……」

我覺得自己臉色蒼白——現在每個人都會看見……但是我心底的留聲機仍完成了規定的五十下咀嚼動作。我把自己鎖了起來，就像鎖進了古代的不透明房子裡，我在門前堆壘石頭，我把百葉窗放了下來……

稍後——我手中握著指揮電話；飛行，飛在冰冷的、最後的痛苦焦慮中——穿透了雲層——飛入星光閃閃又陽光普照的冰冷夜中。時間一分一分，一小時一小時的流逝。很顯然邏輯的內燃機，雖然連我自己都沒聽見，仍是以狂猛的速度在我體內運作，因爲剎那間，在藍藍太空的某一點，我看見了我的書桌，書桌上方是U魚鰓似的臉頰，還有我忘在桌上的札記。我一切都明白過來了：除了她沒有別人——謎團解開了……

唉，要是我能……我非做不可，我非進去無線電室不可……長了翅膀的頭盔，藍色閃電的味道……我記得我大聲跟她說話。我還記得她看著我彷彿我是玻璃做的，連聲音也從遙遠的地方傳來。「我很忙，我忙著接收下方傳來的信息。有事請找她口述……」

在小小的艙房中，我思索了一分鐘，隨即堅定的口述：「時間——十四點四十。下降！關閉引擎。一切結束。」

回到指揮室。**整體號**的機器心已停止跳動，我們向下墜落，我的心卻追不上，遠遠的落在後面，而且不斷的往上飄，飄上了我的喉嚨。雲層——接著是遙遠的綠點——愈來愈綠，愈來愈清晰——瘋狂的朝我們衝來——就是現在——結束吧……

副建造人那張白磁般的臉扭曲在一起，用全身力氣推了我一把的人必定是他。我的頭撞上了什麼，我摔倒在地上，眼前愈來愈黑，我彷彿是在濃霧中聽見：「機尾引擎——全速啓動！」

劇烈的向上竄升……我什麼也不記得了。

注釋

① 這事發生在許久以前，在作息表頒布之後的第三個世紀。（作者注）

② 北歐神話中女武神是大神奧丁的美麗女侍，按照奧丁的意願或命運的安排，她們決定誰獲得勝利，誰在戰鬥中死亡，誰進入英靈殿。

札記三十五

提綱：鐵箍裡
胡蘿蔔
謀殺

我一整晚沒闔眼，一整晚，腦子裡只有一個想法……

昨天之後，我的頭就緊緊纏著繃帶，可是那不是繃帶——那是個鐵箍，無情的玻璃鋼箍緊緊的箍住了我的腦袋，而我就被困在這一個封閉的圈子裡：我要殺了U。殺了她，再去找I－330，說：「現在妳相信了吧？」殺人最最噁心的地方就在於它有點髒亂、有點原始。用什麼壓碎她的腦袋——這想法讓我的口中出現了一種甜膩的感覺，我沒辦法吞嚥唾液，老是把唾液往手帕裡吐，結果我的口變得很乾。

我的衣櫃裡有根沉甸甸的活塞桿，是在鍛鑄的時候折斷的（我原本想用顯微鏡檢查結構的罅隙）。我把札記捲成一根棒子（她愛偷看是吧！就讓她看個夠），把活塞桿塞進去，提著就下樓了。樓梯好似永遠也走不完，而且還滑溜得討厭，像水一樣，我一路上不停用手帕擦嘴……

到了樓下，我的心狂跳，我停下腳步，拉出活塞桿，走向管理員桌……

值班的不是U，只有一塊空盪冰冷的板子。我想起來了——今天所有工作暫停，人人都必須去接受手術。她當然沒有理由在這裡——不會有人來登記。

街上風呼呼的吹，天空中彷彿到處是鐵鑄板飛來飛去。就如昨天某個時候一樣，世界分裂成尖銳的、獨立的、互不相干的片斷，每一塊都如冰雹般打落，在半空停頓了一秒，懸浮在我頭頂上，隨即煙消雲散，一點痕跡也不留。

就彷彿這張紙上整齊劃一的字突然鬆脫了，在恐懼中散開了——這裡一個，那裡一個——沒有一個字成字，只是毫無章法的擠成一團：受驚，輕跳，猛然一縱……街上的人群也是這樣四散開來，沒有排成隊伍，一會兒前進，一會兒後退，一會兒斜走，一會兒橫行。

這會兒，一個人也沒有。我向前直衝，然後突然停步，只見就在二樓那兒，懸浮在空中的玻璃房間裡，有一男一女——站著擁吻，她整個人彷彿折斷似的向後仰。這——永遠，最後的吻……

某個角落有一叢騷動的人頭，人頭上方有一面旗幟在風中招展，上頭寫著：「打倒機器！打倒手術！」而我，不在我身體裡的那個我，心裡閃過了一個念頭：是不是每個人都充滿了痛苦，而這種痛苦是不是得要連心一塊挖出才能消除？大家一定得做點什麼，以免……有一秒的時間世界什麼都不剩，只剩下我那隻野獸般的手握著沉重的鑄鐵桿……

一個小男孩使盡吃奶的力氣向前衝，下唇下有陰影。他的下唇向外翻，活像是衣袖捲起來的袖口。他整個五官都扭曲，由內向外翻——他大聲哭泣，以全速逃開某人——在他身後傳來重重的追逐聲……

這小男孩提醒了我：是了，今天U一定是在學校裡，我得趕快。我跑向最近的地下道。

在入口有人衝過我身旁，還大喊：「沒開！火車今天沒開！那兒……」

我下去一看，簡直是亂成了一團，一個個多面的水晶太陽在閃爍，月台上萬頭鑽動，卻只有一列動也不動的空火車。

寂靜中有人發話，是她的聲音，我看不見她，但是我認得這個堅定的，像鞭子破空的聲音——而且就在某處，有兩道眉毛挑上了太陽穴，形成一個銳角三角形……

我大喊：「讓我過去！讓我過去！我必須……」

但不知誰的手指掐入我的手臂、我的肩膀，儼然像虎頭鉗，把我釘住不動。寂靜中那聲音說：「快到上面去！他們會治好你們，他們會幫你們塞滿飽足的幸福，而心滿意足的你們會就平靜的睡著，整齊劃一的打呼——你們難道沒聽見那首宏亮的打呼交響曲嗎？荒唐可笑的人啊！他們是想要讓你們擺脫掉蠕動個不停，困擾個不停，不時啃嚙你們的問號啊！而你們卻還站在這裡聽我講話。快上去啊，去接受偉大的手術啊！就算只有我一個人留在這裡，和你們又有什麼相干？如果我不要別人替我決定，我要自己決定，和你們又有什麼相干？如果我想要的是不可能的……」

另一個人出聲，聲音沉重緩慢：「啊！不可能的？意思就是去追逐愚蠢的幻想，在你的鼻子前面搖尾巴的玩意？不，我們要抓住那根尾巴，壓扁它，再……」

「再大口吞下肚，接著呼呼大睡——而在你們的鼻子前面又出現了一條新的尾巴。聽說古代人有一種動物叫做驢子，要逼牠向前走就在牠面前拴一根胡蘿蔔，讓牠看得到吃不到。要是牠咬到了胡蘿蔔，一口吞下去……」

突然間虎頭鉗放開了我，我衝到中央她講話的地方。但是在同一瞬間，人人都動了起來，如波濤般互相衝激——後面有人大喊：「他們來了，他們來這兒了！」燈光閃晃，隨即熄滅——有人切斷了電線。頓時像雪崩了一樣，尖叫聲，呻吟聲，又是頭又是手……

我不知道我們就這麼在地下道裡翻滾了多久，好不容易找到了樓梯，看到一道幽暗的光線，愈來愈亮——到街道上了，人群立刻四散，朝四面八方溢去。

終於，只剩我一個人。風，灰色的黃昏，低低矮矮的，就壓在頭頂上。潮濕的玻璃路面上——很深很深的地方——倒映著燈光、牆壁、和頭下腳上移動的人影。而我頭上那重得不得了的鐵箍把我往深淵拉，拉到了最底層。

樓下桌前仍不見U的蹤影，她的房間也是漆黑一片。

我回到自己房間，打開電燈。我的太陽穴因爲頭上的緊箍而悸痛，我仍然鎖在同一個圈子裡：桌子，桌上的白紙卷，床，門，桌子，白紙卷……左邊房間的百葉窗拉了下來，右邊房間有顆圓圓的光頭俯在一本書上，額頭就像一個黃色的巨大拋物線，額頭上的皺紋是一排難以解讀的黃線。有時我們會視線交會，那時我就會想：那些黃線跟我有關。

事情發生在二十一點整。U自己送上門來。我的記憶中只有一件事還清楚：我呼吸得太大聲，連自己都聽見自己在喘氣，我拚命想要控制住，卻是力有未逮。

她坐下來，撫平雙膝間的制服，褐色帶粉紅的魚鰓一搧一搧的。

「唉，親愛的——原來你是眞的受傷了？我一聽說，馬上就……」

活塞桿就在我面前桌上，我跳了起來，仍然呼吸得很粗重。她聽見了，話說到一半停住，也跟著站了起來。我已經看準了她頭上那塊地方……我的口中冒出膩人的甜味……我的手帕——不在身邊，我只好吐在地板上。

右邊牆後的那人——就是有專心的黃色皺紋的——跟我有關的。絕不能讓他看見，要是讓他看見就會更加的噁心……我按下按鈕——我才不管我是不是有權利，反正都一樣——百葉窗落了下來。

她顯然明白是怎麼回事，拔腳就往門口衝，但是我已料到了——我氣喘如牛，眼睛盯住了她頭上的那一點……

「你……你瘋了！你敢……」她步步後退，一屁股坐在床上，不，該說是摔在床上，兩手交叉夾在雙腿間，抖個不住。我全身緊繃，猶如一根彈簧，穩穩的用眼睛盯住她，慢慢伸手到桌邊——全身上下只一隻手在動——抓住了活塞桿。

「求求你！只要一天——一天就好！明天——明天我就去，我什麼都會辦好……」

她在說什麼啊？我舉起了手臂……

我認為我殺了她。是的，各位，我不知名的讀者，你們可以叫我是殺人犯。我知道我會把活塞桿往她頭上砸下去，要不是她突然間哭喊了起來：「求求你……看在……我同意——我……馬上做。」

她兩手發抖著扯掉制服。龐大、蠟黃、鬆弛的身體向後倒在床上……直到現在我才懂了是怎麼回事：她以為我放下百葉窗是……是我想要……

這實在是太荒謬，太可笑了，我噗哧一聲，捧腹大笑起來，而我體內緊繃的彈簧啪的一聲斷了，我的手軟軟的垂下，活塞桿鏘的一聲掉在地板上。我從切身經驗得知笑聲是最強而有力的武器：笑聲可以殺死一切——就連謀殺的衝動都可以腰斬。

我坐在桌前，笑個不停——絕望的，最後的笑——看不出要如何從這荒唐的情況中脫身。我不知道換作正常的情況，這件事要如何了結——但是忽然有外在的因素插了進來：電話響了。

我衝過去抓起電話。說不定是她打來的？卻只聽見一個陌生的聲音說：「請稍待。」

教人心煩意亂的無盡嗡嗡聲。遠處傳來沉重的腳步聲，漸行漸近，回音更大，更沉重。接著我聽見：「D-503嗎？嗯……我是造福者，立刻向我報到！」

喀嚓——電話掛斷了——喀嚓。

U仍躺在床上，閉著眼，魚鰓擴張成微笑。我從地板上撿起她的衣服，拋給她，咬牙切齒的說：「拿去！快穿上！」

她用手肘支起身體，乳房垂向兩旁，圓睜著眼，全身蒼白。

「怎麼回事？」

「就是這麼回事。快點——把衣服穿上！」

她抱著衣服，全身縮成一個結，聲音像窒息。「轉過去……」

我轉了過去，前額靠著玻璃。燈光、人影、火花在漆黑潮濕的鏡面上顫抖。不，是我，是我的心裡在顫抖……他爲什麼召喚我？他是不是什麼都知道了？她的事，我的事，所有的事？

U穿好了衣服，走到了門口。我跨兩步來到她面前，用力捏她的手，彷彿是想從她手上捏出我需要的一切來。「聽著……她的名字——妳知道我說的是誰——妳說出了她的名字嗎？沒有？告訴我實話——我一定得知道……我不在乎，只要告訴我實話……」

「沒有。」

「沒有？又爲什麼？妳不是去打了小報告……」

她的下唇突然翻了出來，跟那個男孩一樣——然後從頰邊，從頰邊流下了一顆顆……

「因爲我……我怕……要是我說出她來……你可能……你就不會愛……喔！我辦不到——我不可能……」

我知道她說的是實話，一句荒謬可笑的實話！我打開了門。

札記三十六

提綱：空白頁
基督教的上帝
我的母親

眞奇怪——我的腦子裡似乎多了一張空白頁。我不記得自己是怎麼走去的，又等待了多久（我知道我有等待）——什麼也不記得，連一點聲音，一張臉，一個手勢都不記得。就恍如把我和世界聯繫在一起的線全都斷了。

我只記得自己站在他面前，嚇得不敢抬起眼睛：我只看見他龐大的、鐵鑄的手放在膝蓋上。這兩隻手似乎比他本人還要有份量，壓得他的膝蓋彎了起來。他慢條斯理的動動手指。那張臉則高高在上，裹著一圈光暈。而他的聲音並不像雷霆，沒有讓我震耳欲聾，反而像是普通人的聲音，原因是聲音來自太高的地方。

「你竟然也是？你，**整體號**的建造人？你，眼看就要成爲最偉大的征服者了？你，眼看就要在一體國歷史上萬古流芳了……你？」

熱血衝上了我的腦袋，我的臉頰。然後又是一頁空白——我只記得太陽穴的悸動，頭頂上迴響的聲音，卻記不得一個字。一直到他不再說話了，我才清醒過來。我看見了：那隻手像一百噸那麼重——慢慢的挪動——一根指頭對準了我。

「說話啊？爲什麼那麼沉默？是還是不是？我是劊子手嗎？」

「是。」我乖乖回答。緊接著我清清楚楚的聽見了他說的每一個字：「啐！你以爲我會怕被冠上這種名號嗎？你有沒有試過把外殼剝下來，看看裡頭？我會讓你看看。回想一下：藍色的山丘，十字架，一群人。有些人在山丘上，鮮血濺滿身體，正把一具身體釘到十字架上；有些人在山丘下，淚流滿面的抬頭往上看。你難道不曾想過山丘上的人所扮演的角色才是最艱難、最重要的？要不是他們，這齣悲壯的戲劇會發生嗎？他們被無知的群眾辱罵：就衝著這一點，這齣悲劇的作者——上帝——就該要厚加賞賜他們。那個最慈悲的基督教上帝又怎麼說？凡是不順從他的，就被地獄之火慢慢的燒烤。難道他不是劊子手？被基督徒燒死的人難道還比被燒死的基督徒少了嗎？然而——你知道——這個上帝幾個世紀來卻被尊崇爲愛的上帝。荒唐吧？不，一點也不荒唐：由此可證人類的智慧是根深柢固的，是銘刻在血液中的。即使是早在野蠻、混亂的時代，人類就了解：人性眞正的、代數意義上的愛就是不人道的，絕無例外；而它的特點就是殘酷。就像火的特點就是燃燒一樣。有哪一種火是不會燃燒的嗎？說話啊，跟我爭辯，證明我是錯的！」

我怎能爭辯？我拿什麼爭辯？這番話跟我自己的想法（之前的想法）不謀而合——只不過我始終沒辦法用如此華美、如此堅不可摧的盔甲來盛裝保護罷了。我默不吭聲……

「如果你的沉默表示你認同我的說法，那就讓我們像成人一樣談話，像小孩子都上床睡覺之後的成人一樣談話：讓我們有話直說，一句也不隱瞞。我問你，一個人從嬰兒期開始就祈禱什麼，夢想什麼，渴望什麼？他們渴望有人來告訴他們幸福的意義，一次說個清楚，然後用一根鐵鍊把他們和幸福牢牢綁住。我們現在不就是在這麼做嗎？古人夢想著天堂……記住：那些在天堂的人不再有慾望，不再有憐憫或情愛，有的只是得到祝福的人——天使，上帝馴服的奴隸——他們的想像力都切除了（唯有如此才是得到祝福）。而現在，就在我們抓到了這個夢想的這一刻，就在我們緊緊的把握住了（他握緊了拳頭，彷彿掌心裡有石頭，而他要從石頭裡榨出汁來），就在萬事具備只差剝掉獵物的皮，分成幾等份——就在這時候，你——你……」

鐵鑄的渾厚聲音突然停住，我就像是鐵砧上被鎚打的鐵條那麼通紅。鎚子默默懸在半空，等待著，而這懸疑更教人心焦……

猛然間：「你多大了？」

「三十二。」

「而你竟還像十六歲的人一樣天眞——年紀才到你一半的人！你難道從來就沒想過他們——我們到現在還不知道他們的名字，不過我確信我們會從你的口中知道——他們需要你只因爲你是**整體號**建造人？只想利用你來……」

「不！不！」我大喊。

那就像高舉雙手對著子彈大吼一樣：那句可笑的「不」言猶在耳，子彈已經射穿了你，你已經在地上痛苦扭動了。

是了，是了——**整體號**的建造人……是了，是了……一剎那間我想起了U那張憤怒的臉，紅磚色的魚鰓不停抖動——那天早晨，她們倆都在我房裡……

我清楚的記得：我笑了，抬起眼睛。在我面前坐著一個蘇格拉底式禿頭的男人，禿頭上還滲出小汗珠。

原來事情竟然是這麼的簡單，這麼的平凡無奇，這麼簡單得離譜。

我被笑聲嗆住，乾咳了起來，我以手掩口，衝了出去。

樓梯，風，潮濕，跳動的燈光，臉——我一路奔跑：不！去看她！再看一次——去看她！

這部分又是一張空白頁。我只記得一件事——腳，不是人，而是腳。成百上千的腳從各處落到路面上來，沒有節奏的踏著步伐，滂沱大雨似的腳。還有一首輕快調皮的歌，和有人的叫喊——可能是衝著我喊的——「喂，喂！過來，過來我們這裡！」

接著是一個空曠的廣場，吹著一陣緊似一陣的風。廣場中央是一個陰暗的、沉重的、可怕的東西——造福者的機器。看見這台機器，我腦中就如回音般浮現這樣的場景：一個耀眼的白枕頭；枕頭上有一顆頭，向後仰，眼睛半張半閉；一排尖利甜美的牙齒……而這一切竟然荒唐的都和機器聯繫在一起，嚇煞人。我知道是怎麼回事，可是我仍不願去看，不願意大聲說出來。我不想要——不。

我閉上眼睛，坐在通往機器的台階上。一定是下雨了，因爲我的臉是濕的。遠處不知哪裡傳來壓抑的哭聲，可是沒人聽見我，沒人聽見我哭：救救我——救救我！

要是我有母親，和古人一樣，我自己的母親——是的，一點也沒錯——我的母親。在她面前，我不是什麼**整體號**的建造人，不是號民D-503，不是一體國的一個分子，僅僅是一個人——她的一部分，被踐踏，被壓擠，被拋棄的一部份……不管是我把別人釘上十字架，還是別人把我釘上十字架，我都不在乎——說不定都一樣——但至少她會聽見別人聽不見的，她那張老婦人的嘴，湊在一起，一條條的皺紋將會……

札記三十七

提綱：鞭毛蟲
世界末日
她的房間

早晨在餐廳，我左邊的鄰居害怕的跟我低聲說：「你爲什麼不吃飯？他們在看你！」

我費了九牛二虎之力硬擠出一絲笑容，覺得臉好像裂開了：我微笑——裂縫的邊緣擴大，傷得我更痛……

我用叉子去戳一小塊食物，叉子卻在我的手中顫抖，鏘的一聲掉在盤子上。一眨眼間，桌子、牆壁、盤子，甚至空氣都抖了起來，叮噹亂響，而外面——一聲嘹亮渾厚的巨響直衝雲霄——掠過頭頂，掠過建築，愈傳愈遠，聲音愈來愈小，就像水面上一個又一個的小漣漪。

我看見許許多多張臉孔刷的變白，血色盡失，咀嚼到一半的嘴停了下來，叉子凍結在半空中。

緊接著是大亂，運行了一世紀之久的常規出軌了。人人都跳了起來（連國歌都忘了唱）——胡亂的咀嚼，匆匆忙忙的吞嚥，伸手去抓彼此。「怎麼回事？出了什麼事？到底是怎麼了？」接著就像是一度和諧的偉大機器整個亂了套，各個零件都脫落下來，他們爭先恐後湧向電梯、樓梯；腳步聲、撞擊聲、叫喊聲——彷彿一封撕毀的信撒在風裡，隨風飄盪……

其他的建築中也有人蜂擁而出，不出一分鐘，大街上就像是顯微鏡下的一滴水：鞭毛蟲被封在玻璃般透明的水滴中，狂亂的上衝下衝，左右亂撞。

「啊哈！」有人發出勝利的呼喊。我看見他的頸背，還有一根手指指著天空——我記得異常的清晰，那是片泛著黃色的粉紅指甲，指甲底部還有白色的弧形，就像是剛從地平線冒出了頭的月亮。而彷彿是循著羅盤的指針，上百雙眼睛都朝天空看。

天上，一朵又一朵的雲像是逃脫了什麼隱形的追逐，不停的飛滾，彼此傾軋——而在雲層陰影下則是觀護人的黑色飛車，伸出有象鼻那麼粗的黑色觀察管，——而再過去，在西方，出現了像是……

起初沒有人了解那是什麼。即便是我，比其他人見識過更多的我（不幸啊），也不了解。那就像是龐大的黑色飛車隊伍：高度驚人，幾乎看不見，速度飛快的小點。愈飛愈近，愈飛愈近；天上傳來粗嘎的啼叫聲，最後，飛越過我們的頭頂——是鳥群。牠們尖銳的、漆黑的、刺耳的、墜落的三角形遮蔽了天空。風暴逼著牠們下降，牠們落在了屋頂上、柱子上、陽台上。

「啊哈！」那個發出勝利呼聲的人轉過了脖子，我看見是他，額頭外凸的那個人。但是現在他已完全不復舊時模樣，不知如何，他的額頭似乎往裡縮了，而他臉上長出了一簇簇明亮的光，好像頭髮——在眼睛四周，嘴唇四周：他在微笑。

「你明白是怎麼回事了嗎？」他朝我大喊，壓過咻咻的風聲，鳥群振翅聲，嘈雜的鳥叫聲。「你明白了嗎？——是綠牆，綠牆炸掉了！你明白了嗎？」

遠處不時有人影閃過，他們腦袋朝前伸，迅速跑進屋子裡。街道中央，有一批做過手術的人雪崩似的湧向西方，他們的動作很快，但是看起來很慢，因爲重量的緣故。嘴角邊，眼睛四周都是頭髮似的光束。我抓住他的手。「聽著，她在哪裡？I-330在哪裡？她在那邊嗎？在綠牆外嗎？還是……我一定得——你聽見了沒有？馬上，我不能……」

「這裡。」他欣喜的、喝醉了似的大喊，露出了結實的黃牙……「她在這裡，在城裡，在行動。喔，喔，我們在行動！」

我們是誰？我又是誰？

他附近約莫站了五十個跟他酷似的人——從濃眉下舒展開來，大聲喧嘩，興高采烈，牙齒強健。張大著嘴吞下風暴，揮舞著看似無害的電擊棒（他們是從哪兒弄到的？），他們也朝西走，跟在做過手術的那批人後，卻從側翼繞過——取道平行的四十八大道……

我頂著強風織成的大網，奔向她。爲了什麼？我不知道。我跌跌撞撞。空盪的街道，像座外地的、蠻荒的城市，鳥群得意洋洋的唱個不停，一幅世界末日的景像。我透過某些屋子的玻璃牆壁看見（這景象主動嵌進了我的記憶裡）男男女女的號民黍不知恥的交媾，沒有拉下百葉窗，沒有配給券，就在光天化日之下……

一棟房子——是她的房子。一扇門敞開，裡頭亂成一團，樓下管理員的桌子沒有人，電梯不知停頓在哪一層。我喘著氣跑上無窮無盡的樓梯。到了走廊了，快——就像輪軸，門上的數字一個接一個閃過：320，326，330……I-330，有了！

我透過玻璃門已經把室內看了個一目瞭然——一片狼藉。一張椅子在匆忙中翻倒，四腳朝天，儼然一隻死掉的動物。床鋪不知爲什麼推離了牆邊，地板上灑落了一片粉紅色的配給券，宛如是被踐踏過的花瓣。

我彎下腰，撿了一張，又一張，又一張：上頭的號碼全都是D-503。每一張上都有我，我的一點一滴都融化了，溢出邊緣了。而唯一剩下的就是這些……

不知爲何，我沒辦法任由配給券丟在地上，被人踐踏。我撿拾了滿滿一手，放在桌上，仔細的撫平，看著它……笑了起來。

我之前一直不知道，但是現在我知道了，而且你們也知道了：笑聲可以有不同的顏色，笑聲只是迴盪了在你內心深處的爆炸。笑聲可以是喜慶的——紅、藍、金黃的煙火；也可以是人體四散的碎片……

一張配給券上閃過一個我不熟悉的名字，我不記得號碼，只記得字母是F。我把所有的配給券都給掃到地上，用力踩踏——踩在我自己身上——用我自己的腳，就像這樣，隨即離開了……

很長一段時間，我麻痺的坐在門旁的走廊上，等著什麼。左邊傳來拖曳的腳步聲，是個老人，一張臉活像是打孔的、洩氣的、皺縮的汽球——還有什麼透明的東西一點一滴從那些小孔中慢慢的往下滴。恍恍惚惚的我花了不少時間才了解那是眼淚。一直等老人走遠了，我才回過神來，大聲喊：「等等——等等，喂！你知不知道I－330……」

老人轉過身，絕望的揮揮手，又蹣跚前進……

黃昏時分，我回到家裡。西邊淡藍的天空每一秒鐘都會抽動一下，射出白光，接著傳來悶雷似的吼聲。屋頂則覆滿了黑色的一塊塊焦炭——鳥兒。

我在床上躺下——睡眠像一隻沉甸甸的野獸壓下來，壓得我喘不過氣來……

札記三十八

提綱：我不知道——也許只有一個：丟棄的香菸

睡醒之後亮光刺痛我的眼睛，我趕忙牢牢閉上眼睛。腦海中浮現一圈奇異的、腐蝕性的藍光。一切彷彿是在霧中，而透過迷霧……咦，我沒有開燈啊！怎麼會……

我跳了起來。桌前坐著I－330，一隻手托著下巴，掛著諷刺的笑看著我……

我現在就在這張桌子上寫字。那十或十五分鐘，殘忍的絞進了最緊的彈簧裡，早已過去了。然而，我卻覺得房門才剛在她身後關上，仍有可能追上她，抓住她的手——而她可能會笑，說……

I－330坐在桌前。我衝向她。「妳，妳！我——我看過妳的房間，我以為妳……」

可是話說到一半我就被那兩道動也不動、利刃般的眉給擋住了。我停下來，想起了那天在**整體號**上她就是這麼看我的，但是我一定要在一秒鐘之內找到方法來告訴她——

說服她——否則就再也不會有機會……

「聽我說——我得……我得告訴妳……每一件事……不，等一下，我得先喝口水……」

我的嘴巴好乾，好像貼上了吸墨紙。我想倒水，卻辦不到，只好把杯子放在桌上，用兩手捧住水瓶。

這時我看見了：藍煙是她的香菸散發出來的。她把菸舉到嘴邊，吸了一口，貪婪的把煙吞下，就跟我吞水一樣，然後說：「不必了，你什麼也不用說，沒有必要。你看，我還是來了，他們在下面等我，而你卻要我們的最後幾分鐘用在……」

她把菸丟在地板上，全身都靠著椅子扶手（按鈕就在那邊的牆壁上，很難摸到）。我記得椅子傾斜，兩隻椅腳懸空，然後百葉窗放下了。

她走過來，擁抱我，很用力。我能感覺到她衣服底下的膝蓋——那緩慢的、溫柔的、溫暖的、鋪天蓋地的毒藥……

猛然間……有時你徹底陷溺在甜蜜溫暖的夢裡也會發生這種狀況——猛然間你好像被什麼給螫了一下，你全身一震，豁然清醒……這一刻就是這樣：她房間地上踐踏過的粉紅配給券，有一張上有字母F，還有一些數字……它們纏進了我心裡，打成了一個死結，即使到了現在，我也分不清那是什麼感覺，但當時我用力的壓擠她，痛得她叫了出來……

又過了一分鐘——是在耀眼的雪白枕頭上的十或十五分鐘之一——她的頭向後仰，

眼睛半張半閉，露出一排甜蜜的利牙。但我腦中自始至終一直瀰漫著那揮之不去、荒謬可笑、痛苦折磨的暗示。我絕對不可以……絕對不可以現在去想。我更加溫柔、更加殘酷的擠壓她——留下越來越清晰的藍色指痕……

她仍閉著眼睛（我特別注意到了）說：「我聽說你昨天去了造福者那裡，是眞的嗎？」

「眞的。」

說完她睜開眼睛，瞪得很大——我得意的看著她的臉刷地變白，失去血色，完全消失：什麼也不剩，只剩下眼睛。

我什麼都告訴了她，只隱瞞了一件事——我也不知道爲什麼……不，其實我知道——我沒說出他最後說的一番話，沒說出他們需要我只是爲了……

她的臉就像相片在顯影劑中漸漸出現輪廓一樣也慢慢出現了：她的臉頰，她的白牙，她的唇。她站起來，走向有鏡的衣櫃門。

我又感到口乾了，我再倒了些水，可是水卻讓我噁心，我把杯子放回桌上，問：「這就是妳來的原因嗎——爲了找到答案？」

那兩道嘲弄的眉挑上了太陽穴，從鏡中看著我。她轉身想說什麼，卻一句話也沒出口。

不需要，我知道。

和她道別吧？我挪動了我那雙像長在別人身上的腳，卻踢到了椅子，椅子一歪倒下來死了，就像她房裡的那張。她的嘴唇冰冷，冷得好像從前有一次我床邊的地板一樣。她離開了，我坐在地板上，俯身看著她拋下的菸。

我沒辦法再寫下去了——我不想寫了！

札記三十九

提綱：結局

這一切就像是最後的一粒鹽落入了飽和溶液：針狀的結晶迅速成形，凝固，定型。我也看得一清二楚：一切都底定了——明天早晨我會去做。那不啻是殺了我自己——可是或許這是重生的唯一方法。因爲唯有殺戮才會有重生。

西方的天空每一秒就抽搐一下。我的頭像著火，像有鎚子在敲。我坐了一整夜，直到早晨七點才睡著，那時夜幕早已拉開，天色轉綠，我能看見棲滿了飛鳥的屋頂。

我在十點清醒——今天顯然沒有起床鐘聲。一杯水——昨兒晚上的——立在桌上。我一飲而盡，隨後就跑了出去：我必須要趕緊做完，愈快愈好。

天上空空盪盪的，一片蔚藍，好像整個被風暴沖乾淨了。影子有棱有角，無論什麼都像是用藍色的秋天空氣裁出來的，又薄又脆讓人不敢碰，一碰就會碎裂，變成飛揚的玻璃粉塵。我的心也是一樣：我絕不能思考，我絕不能思考，我絕不能思考，否則的話……

而且我也沒有思考。說不定我連看都不是看得很仔細——只是匆匆掠過。那邊的路面上，不知打哪來的樹枝，樹葉有的青翠，有的琥珀，有的深紅。頭頂上，飛鳥和飛車來回穿梭。底下這裡，一個個的人頭，張大的嘴巴，手裡揮動著樹枝。吼叫聲、聒噪聲、嗡鳴聲一定是這些東西發出的……

再來是空盪的街道——彷彿是遭受過瘟疫襲擊。我記得絆到了什麼柔軟得不可思議卻一動不動的東西。我低頭看——是具屍體。仰面躺著，雙膝微曲，像女人一樣兩腿大開。那張臉……

我認出那雙黑人似的厚唇，即使是現在都還好像一面笑著一面噴了我滿頭滿臉的唾沫星子。他緊閉著眼，笑望著我的臉。我只呆了一下子，隨即跨過他，拔腿又跑，因爲我再也受不了了，我必須要盡快完事，否則的話，我覺得我會啪的一聲折斷，像是負載過量的鐵軌般彎曲變形……

幸運的是，我只剩下二十步的距離了，金色的字體就在眼前，**觀護人公所**。我在門檻上停下來，盡可能吸了一大口氣，跨進了門裡。

裡面走廊上排了一長排的號民，有的拿著一疊紙，有的拿著厚厚的筆記本，他們緩緩移動——挪個一兩步——之後又停下。

我衝到人龍的前面，我的頭像要裂開來，我抓著別人的手肘，懇求他們，像是病人懇求別人快點給他一點什麼，讓他在瞬間的劇痛中結束他的痛苦。

一名女性把制服上的腰帶束得緊緊的，臀部像球一樣凸起，不時的左右擺動，好似長了眼睛。她對著我輕蔑的說：「他肚子痛！把他帶到廁所去——那邊，右邊第二道門……」

大家都哈哈笑，這笑聲讓我的喉嚨裡有什麼東西往上冒，不出一分鐘我就會尖叫，不然就是……就是……

冷不防有人從後面抓住了我的手肘。我轉過去，只見一對半透明的招風耳，不過這一次不像往常一樣是粉紅色的，而是腥紅色的。他的喉結上下聳動——再過一秒鐘，就會衝破那薄薄的一層皮。

「你來這裡幹嘛？」他問，立刻在我身上鑽出了兩個洞來。

我緊攀著他。「快！帶我到你的辦公室去……我必須……馬上——說出一切！跟你說最好……偏偏是你，這可能會很可怕，可是這樣反倒好，反倒好……」

他也認識她，這一點讓我更加的難受，可是或許連他聽了都會打哆嗦，然後我們就會聯手殺掉她；在我人生最恐怖的最後一刻，我不要是獨自一個人……

門砰然關上。我記得：有張紙卡在門下面，在門關上的時候刮著地板。接著一股奇特的、真空的沉默籠罩住我們，彷彿玻璃鐘罩住了這個房間。要是他開口——說什麼都好，就算是最瑣碎的事也好——我就會滔滔不絕的說出一切。可是他一逕沉默著。

我全身緊繃，緊繃到耳朵嗡嗡響，我頭也不抬就說：「我好像一直都很討厭她，一開始就是。我拚命抗拒……可是，不，不，別相信我：我可以自救，卻不想自救，我想要毀滅。這比所有的東西都要來得珍貴，來得吸引人……我是說，不是毀滅，而是讓她……就連現在，就連現在，我什麼都知道了……你知道，你知道造福者召喚我嗎？」

「是的，我知道。」

「可是他跟我說的話……你了解，就好像……就好像這一刻你腳下的地板就要被抽走了，而你，你周遭的一切，在這張桌子上的一切——紙啊，墨水啊——墨水會潑出來，而所有的東西都濺上了污漬……」

「說下去，說下去！不過把握時間。其他人在外面等。」

接著，上氣不接下氣，腦筋亂成一團，我告訴了他我記在札記中的大小瑣事。說到了眞正的我，那個毛茸茸的我，還有她那天是怎麼說我的手的——是的，那就是一切的起點……說到我多麼不想履行我的職責，我如何自欺欺人，她又是如何拿到假的診斷證明，說到我心中的腐蝕是如何日復一日的擴大，說到古屋地下的長廊，以及如何從那裡走到綠牆外……

我說得結結巴巴，斷斷續續——我不斷喘氣，找不到詞彙。那張歪扭的、上下都彎的嘴帶著冷淡的笑提供我所需的字——我感激的直點頭：對，對……接著，那是什麼意思？——而他會幫我解釋，我只需要聽：「對，而且……就是這樣，完全正確，對，對！」

我覺得衣領部分的頸子變冷，就像是塗了乙醚，我艱難的發問：「可是你怎麼——你不可能會知道——連這個也知道……」

他露出齜牙咧嘴的冷笑，沉默不語……接著，「可是，你知道，你還有事情瞞著我沒說。你說出了每一個在綠牆外看見的人，可是卻忘了一個人。你否認嗎？你不記得了——有那麼一秒鐘——那麼一下子——你看見了……我？對，對，就是我。」

靜默。

猶如電光石火的一瞬間，我徹徹底底的明白了：他——他也是他們的人……而我，我的痛苦，我做的這一切，都白白蹧蹋了，我費了九牛二虎之力，跑到這裡來，以爲能成就什麼偉大的功蹟，結果不過是重演了古代那齣荒唐的亞伯拉罕和以撒克的故事。亞伯拉罕——冒著冷汗——已經高高舉起了刀子，準備要刺死他的兒子，突然間半空中傳來聲音：「別麻煩了！我只是開個玩笑……」

我的眼睛始終盯著那張不斷歪扭的笑臉，兩手用力按住桌子邊緣，很慢很慢的連人帶椅移動；在他猝不及防的時候，我就像是用一隻胳臂把自己給抱住一樣，盲目的衝了出去，掠過一聲聲的叫喊，一階階的樓梯，一張張的嘴。

我不記得是怎麼下樓的，只知道我衝進了地鐵站一間公廁裡。上頭的一切都在毀滅，歷史上最偉大最理性的文明在崩潰，但是在這裡，套用某人的反諷，一切如舊——美麗平靜。單是想到這一切已注定毀滅，綠草會蔓生過這一切，唯有「神話」留傳……

我大聲呻吟。就在這時，我感到有人輕撫我的肩膀。是我的鄰居，住在我左邊的。他的額頭——像個龐大的光禿拋物線；額頭上還有黃色不可解的皺紋，而且這些皺紋和我有關。

「我了解你，我非常了解你。」他說。「不過，你得鎮定下來。不要這樣。一切都會恢復正常的，絕對會恢復正常。現在唯一重要的事是讓人人都知道我的發現，你是第一個聽到的：根據我的計算，根本就沒有無限大！」

我大惑不解的瞪著他。

「對，對，我是說沒有所謂的無限大。假如宇宙是無限大，那麼宇宙內物質的平均密度就應該等於零，而既然不是零——這點我們很肯定！——也就意味著宇宙是有限的，宇宙是球形，宇宙半徑的平方，Y^2，等於平均密度乘以……一旦我計算出這個係數，我們就……你知道：一切都是有限的，一切都很簡單，一切都是可以計算的。到時候我們就能得到哲學上的勝利——你懂了嗎？而你，我親愛的先生，正在打擾我，你打斷了我完成我的計算，你在亂吼亂叫……」

我不知道哪一種震撼比較大——是他的發現，抑或是他對世界末日的這一刻所有的執著。他的手中（直到此刻我才注意到）拿著一本筆記簿和一張對數表。我當即了解，即使一切都要毀滅了，我仍然有責任（是對你們，我親愛的不知名的讀者的責任）要把我的札記做個結尾。

我請他給我幾張紙——就在他給我的紙上寫下了這最後幾行……

我正要在這些札記上劃上句點，就如古人在他們拋下死者的坑上豎起十字架一樣，但鉛筆猛的搖晃，從我的指中掉落。

「聽好！」我拉扯我的鄰居。「注意聽我說！你一定得——你一定得給我一個答案：外面那裡，你的有限宇宙終止的地方，外面有什麼？宇宙之外有什麼？」

他沒有時間回答。頭頂上，有雜沓的腳步聲奔下樓梯……

札記四十

提綱：事實
瓦斯鐘
我肯定

現在是白天，天氣晴朗，氣壓七百六十。

是眞的嗎？這兩百頁是我，D－503，親手寫的？我是眞的曾經感受過——或是以爲自己曾經感受過——這一切？

筆跡是我的筆跡，而現在也是同樣的筆跡。然而幸運的是，只有筆跡是同樣的。沒有狂言囈語，沒有荒謬的暗喻，沒有感情：除了事實之外，什麼也沒有。因爲我痊癒了，我百分之百，徹徹底底的痊癒了。我微笑了起來——我實在忍不住不笑：我的頭腦裡有根碎片給拔掉了，現在頭覺得很輕、很空。說得更精準一點，不是空，而是擺脫了任何無關宏旨，會干擾我微笑的事（微笑是正常人的正常狀態）。

我說的事實如下：那天晚上，我的鄰居，那個發現了宇宙是有限的鄰居，跟我，還有所有跟我們在一起的人都被捕了，因爲我們沒有文件證明我們接受過手術，所以被帶到了最近的演講廳（是112號演講廳，這號碼不知怎的很是熟悉）。我們被綁在手術台上，接受了偉大的手術。

翌日，我，D-503去向造福者報到，稟明了幸福之敵的一切。以前怎麼會那麼困難呢？眞是不可思議。我唯一能想出的解釋是我先前生病了（靈魂那玩意）。

同一天傍晚，我和造福者在著名的瓦斯室，坐在同一張桌前（生平第一次）。那女人要在我的面前供出事實。她十分的頑固，無論如何不肯開口。我注意到她有尖利雪白的牙齒，而且還很漂亮。

接著她被帶到瓦斯鐘下，她的臉色變得非常白，又因爲她的眼睛又黑又大，所以看起來非常漂亮。他們開始把鐘裡的空氣抽乾，她把頭向後仰，眼睛半張半閉，嘴唇緊閉著——讓我想起了什麼。她注視著我，用力抓緊椅子扶手——一直到她的眼睛閉上爲止。之後她被拖了出去，用電擊讓她恢復了意識，再一次被帶到瓦斯鐘下。前後一共重複了三次——可是她仍舊是一聲不吭。其他跟這個女人一塊被帶進來的人就比較誠實：有許多在第一次之後就招供了。明天他們全部都要登上階梯接受造福者的機器制裁。

這件事拖不得，因爲在城市的西方仍有動亂，屍體，野獸，還有——很遺憾的——

相當數量的號民違背了理性。

不過，在橫越市中心的第四十大道上我們建立了一道高壓電路障。我希望我們勝利在望，不僅如此——我肯定我們勝利在望，因爲理性必須要獲勝。

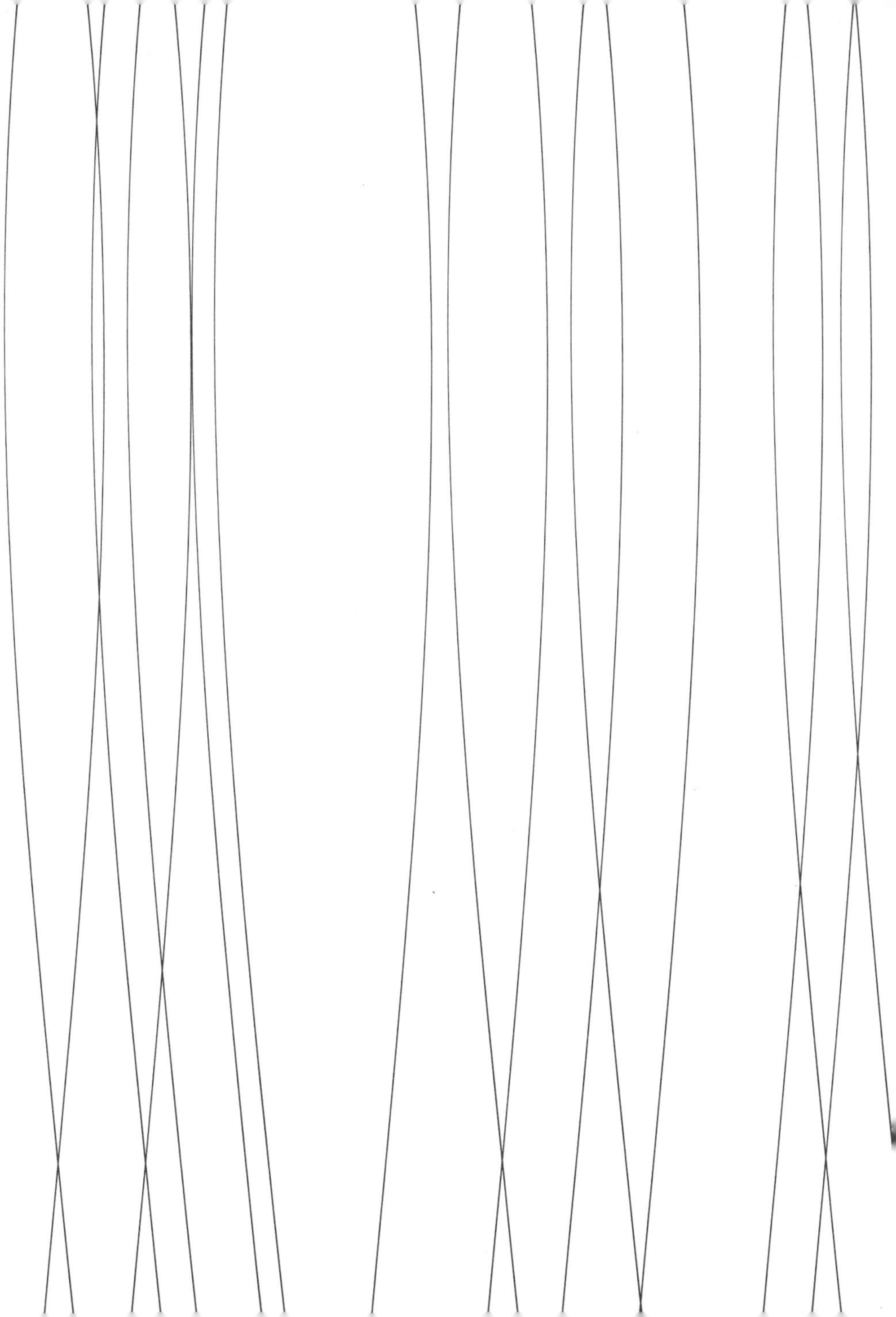

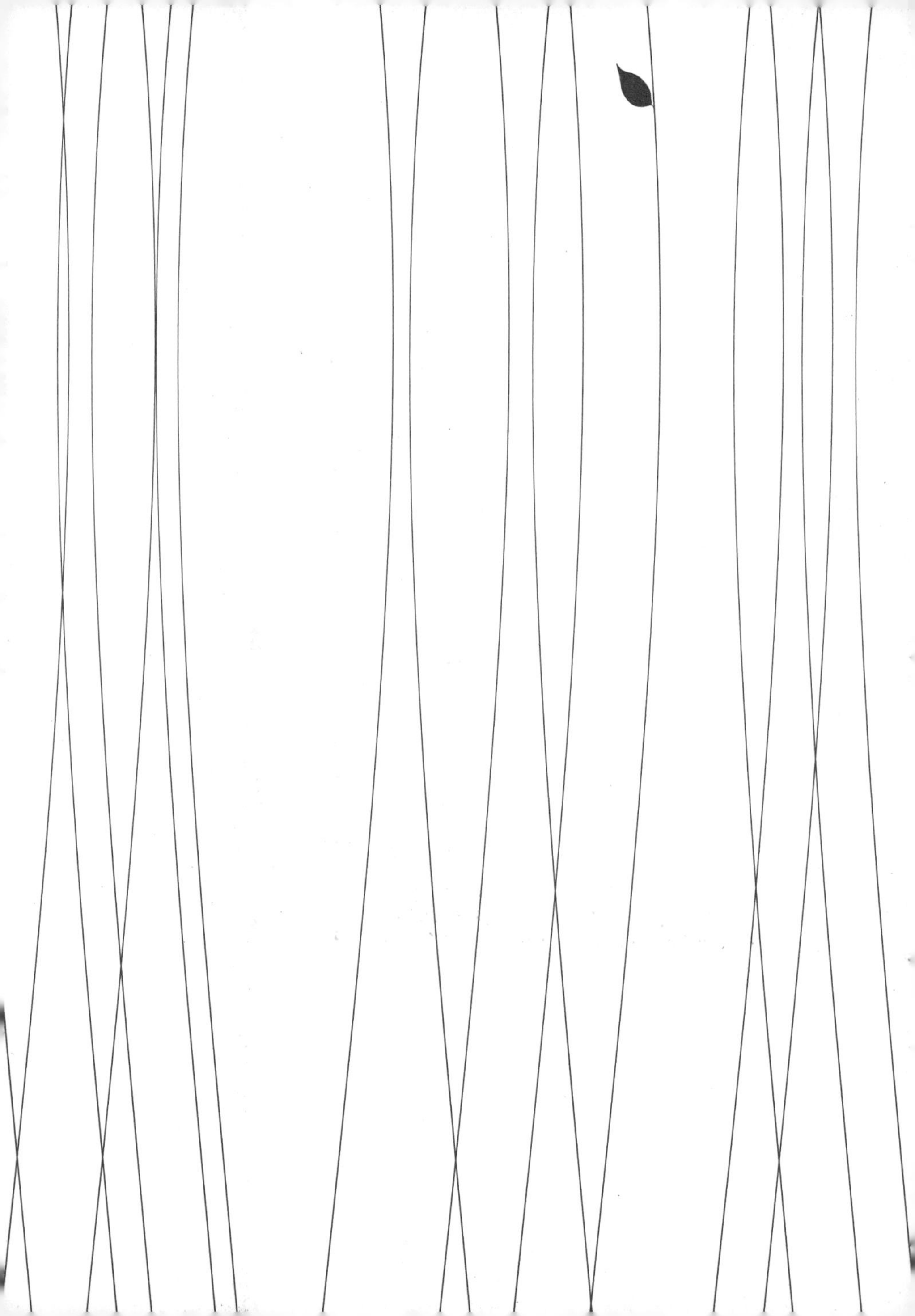